La espía

Biblioteca Paulo Coelho

Biografía

Paulo Coelho, nacido en Río de Janeiro en 1947, trabajó como director y autor de teatro, periodista y compositor antes de dedicarse a los libros. Desde la publicación de su primer libro, *El Peregrino de Compostela*, se han vendido más de 320 millones de ejemplares de sus novelas en todo el mundo. Entre sus mayores éxitos destaca *El Alquimista*, considerado el libro brasileño más vendido de todos los tiempos. Se ha publicado en más de 170 países y traducido a 88 idiomas. Coelho ha recibido destacados honores internacionales, como la prestigiosa distinción Chevalier de l'Ordre National de la Légion d'Honneur del gobierno francés y la Medalla de Oro de Galicia. Desde 2002 es miembro de la Academia Brasileña de las Letras y desde 2007 ejerce como Mensajero de la Paz de las Naciones Unidas.

http://paulocoelhoblog.com

Paulo Coelho

La espía

Traducción de Ana Belén Costas

Planeta

Título original: *A espiã*

Imágenes del interior:
Páginas 13, 21 y 161: © Collection Fries Museum, Leeuwarden
Página 67: © Bibliothèque Nationale, Paris, France / Archives Charmet / Bridgeman Images / AGE
Página 203: *Le Petit Parisien*, 1917
Página 209: © The National Archives of the UK, ref. KV2/1

Adaptación de la cubierta: Booket / Área Editorial Grupo Planeta a partir de la idea original de © Djohr Guedra
Primera edición en Colección Booket: octubre de 2017
Primera edición en esta presentación: septiembre de 2024

Depósito legal: B. 13.429-2024
ISBN: 978-84-08-29223-4
Impresión y encuadernación: Liberdúplex, S. L.
Printed in Spain - Impreso en España

Oh, María, sin pecado concebida,
rogad por nosotros, que a Vos recurrimos. Amén.

Cuando vayas con tu adversario al magistrado, procura en el camino arreglarte con él, no sea que te arrastre ante el juez, el juez te entregue al alguacil, y el alguacil te meta en la cárcel. Te digo que no saldrás de allí hasta que hayas pagado el último céntimo.

LUCAS, 12, 58-59

Este libro está dedicado a J.

Basado en hechos reales

PRÓLOGO

París, 15 de octubre de 1917 • Anton Fisherman y Henry Wales, para International News Service

Poco antes de las cinco de la mañana, un grupo de dieciocho hombres, en su mayoría oficiales del ejército francés, subió al segundo piso de la prisión de mujeres de Saint-Lazare, ubicada en París. Guiados por un carcelero que portaba una antorcha para encender las lámparas, se pararon ante la celda número 12.

Las encargadas del lugar eran monjas. La hermana Léonide abrió la puerta y les pidió que esperasen fuera. Entró, rascó una cerilla en la pared y encendió la lámpara dentro. A continuación, llamó a otra de las monjas para que la ayudase.

Con mucho cariño y cuidado, la hermana Léonide rodeó con su brazo aquel cuerpo dormido que no reaccionaba, como si nada le importase. Al despertar, según el testimonio de las religiosas, parecía salir de un sueño tranquilo. Siguió estando serena cuando se enteró de que su petición de clemencia, presentada días antes al presidente de la República, había sido denegada. Imposible saber si sintió tristeza o alivio porque todo llegaba al final.

A una señal de la hermana Léonide, el padre Arbaux entró en la celda junto con el capitán Bouchardon y el abogado, el señor Clunet. La prisionera le entregó a este último la larga carta-testamento que había escrito durante toda la semana, además de dos sobres marrones con recortes.

Se puso unas medias de seda negras, algo aparentemente grotesco en tales circunstancias, se calzó unos zapatos altos adornados con lazos de seda y se levantó de la cama. De un colgador, clavado en una esquina de su celda, retiró un largo abrigo de piel con las mangas y el cuello revestidos con otro tipo de piel de animal, posiblemente de zorro, y se lo puso encima del pesado kimono de seda con el que había dormido.

Su cabello negro estaba sin arreglar; se peinó con cuidado, recogiéndolo en la nuca. Por encima, se puso un sombrero, que sujetó al cuello con una cinta de seda para que el viento no se lo llevase cuando estuviera en el lugar al aire libre al que la llevaban.

Lentamente, se inclinó para coger un par de guantes negros de cuero. A continuación, con indiferencia, se dirigió a los recién llegados y dijo en voz baja:

—Estoy lista.

Dejaron la celda de la prisión de Saint-Lazare y se dirigieron a un coche que los esperaba con el motor encendido para llevarlos hasta el lugar en el que se encontraba el pelotón de fusilamiento.

El coche arrancó a más velocidad de la permitida cruzando las calles de la ciudad, aún dormida, en dirección al cuartel de Vincennes, lugar en el que antes había un fuerte, destruido por los alemanes en 1870.

Tardaron veinte minutos en llegar y la comitiva se bajó. Mata Hari fue la última en salir.

Los soldados ya estaban preparados para la ejecución. Doce zuavos formaban el pelotón de fusilamiento. Al final del grupo había un oficial con la espada desenvainada.

Mientras el padre Arbaux conversaba con la mujer condenada acompañado por dos monjas, un teniente francés se acercó y le tendió un pañuelo blanco a una de las monjas, diciendo:

—Por favor, véndenle los ojos.

—¿Es obligatorio? —preguntó Mata Hari mientras observaba el pañuelo.

El abogado Clunet miró al teniente con aire interrogativo.

—Sólo si la señora quiere; no es obligatorio —contestó este último.

Mata Hari no fue atada ni vendada; miraba a sus ejecutores con aire de aparente tranquilidad mientras el cura, las monjas y el abogado se alejaban de ella.

Vigilando atentamente a sus hombres para evitar que comprobasen sus rifles (en la práctica, siempre se pone un cartucho de fogueo en uno de ellos para que todos puedan decir que no dispararon el tiro mortal), el comandante del pelotón de fusilamiento empezó a relajarse. Pronto todo habría acabado.

—¡Preparados!

Los doce adoptaron una postura rígida y apoyaron los fusiles en el hombro.

Ella no movió un músculo.

El oficial se colocó en un lugar desde el que todos los soldados pudiesen verlo y levantó la espada.

—¡Apunten!

La mujer continuó impasible, sin mostrar miedo.

La espada descendió, cortando el aire en un movimiento de arco.

—¡Fuego!

El sol, que para entonces ya brillaba en el horizonte, iluminó las llamas y el escaso humo que salió de cada uno de los rifles mientras se disparaba la ráfaga con gran estruendo. Acto seguido, con un movimiento acompasado, los soldados volvieron a colocar las armas en el suelo.

Mata Hari siguió de pie durante una fracción de segundo. No murió como en las películas cuando disparan a la gente. No cayó ni hacia delante ni hacia atrás, y no movió los brazos ni hacia arriba ni hacia los lados. Dio la impresión de que se desvanecía, con la cabeza erguida en todo momento y los ojos abiertos. Uno de los soldados se desmayó.

Las rodillas cedieron y su cuerpo cayó hacia la derecha; las piernas quedaron flexionadas bajo el abrigo de piel. Y allí quedó, inmóvil, con la cara mirando al cielo.

Un tercer oficial, acompañado de un teniente, sacó el revólver de una funda que llevaba ajustada en el pecho y se dirigió hacia el cuerpo inerte.

Se inclinó, apoyó el cañón del arma en la sien de la espía, con cuidado de no tocar su piel. A continuación, apretó el gatillo y la bala le atravesó el cerebro. Se dirigió a todos los que allí estaban y dijo con voz grave:

—Mata Hari está muerta.

PARTE 1

Estimado señor Clunet:

No sé qué ocurrirá a finales de esta semana. Siempre he sido una mujer optimista, pero el paso del tiempo me está convirtiendo en una persona amargada, solitaria y triste.

Si todo va como yo espero, nunca recibirá usted esta carta. Me habrán perdonado. Al fin y al cabo, a lo largo de mi vida he ido cultivando la amistad de amigos influyentes. La guardaré y se la daré algún día a mi única hija para que descubra quién fue su madre.

Pero, si me equivoco, no tengo muchas esperanzas de que estas páginas, a las que he dedicado mi última semana de vida sobre la faz de la Tierra, lleguen a conservarse. Siempre he sido una mujer realista, y sé que un abogado, cuando un caso está cerrado, se pone con el siguiente sin mirar atrás.

Ya me imagino la situación; es usted un hombre ocupado que se ha ganado cierta fama defendiendo a una criminal de guerra. Mucha gente estará llamando a su puerta para solicitar sus servicios; a pesar de la derrota, ha conseguido una gran publicidad. Habrá periodistas interesados en conocer su versión de los hechos, frecuentará los restaurantes más caros de la ciudad y sus colegas lo tratarán con respeto y envidia. Sabe que nunca ha habido ninguna prueba material contra mí, sólo ciertos documentos previamente manipulados; pero nunca podrá admitir en público que dejó morir a una inocente.

¿Inocente? Tal vez no sea ésa la palabra exacta. Nunca he sido inocente, desde que llegué a esta ciudad que tanto amo. Creí que podría manipular a los que querían secretos de Estado, creí que los alemanes, los franceses, los ingleses, los españoles jamás se me podrían resistir, pero fui yo la manipulada. Me libré de crímenes que cometí, aunque el más grave de todos fue ser una mujer emancipada e independiente en un mundo gobernado por hombres. Me condenaron a pesar de que lo único que conseguí fue enterarme de chismes en los salones de la alta sociedad.

Sí, convertí esos chismes en «secretos» porque quería dinero y poder. Pero todos los que hoy me acusan sabían que no contaba nada nuevo.

Es una pena que nadie llegue a saberlo nunca. Estos sobres acabarán en algún lugar, como un archivo lleno de polvo, con otros expedientes, de donde no saldrán hasta que su sucesor, o el sucesor de su sucesor, decida hacer algo de sitio y se deshaga de los casos antiguos.

Para entonces, mi nombre ya habrá sido olvidado; pero no escribo para ser recordada. Lo que intento es entenderme a mí misma. ¿Por qué? ¿Cómo es posible que una mujer que durante tantos años consiguió todo lo que quería pueda ser condenada a muerte por tan poco?

En este momento, repaso mi vida y comprendo que la memoria es un río que siempre corre hacia atrás.

Los recuerdos están plagados de caprichos, de imágenes de cosas que hemos vivido y que todavía nos pueden afectar mediante cualquier pequeño detalle, mediante algún ruido insignificante. Un olor a pan sube hasta mi celda y me vienen a la memoria los días en que caminaba libre por los cafés; eso me hace más daño que el miedo a la muerte y que la soledad que siento.

Los recuerdos nos acercan a un demonio llamado Melancolía; ¡oh, demonio cruel del que no puedo escapar...! Oír a una prisionera cantar, recibir una carta de admiradores que nunca me regalaron rosas ni jazmines, recordar alguna anécdota en una determinada ciudad que en aquel momento me pasó totalmente desapercibida y que ahora es todo cuanto me queda de este o de aquel país que visité...

Los recuerdos siempre vencen y, con ellos, aparecen demonios aún más aterradores que la Melancolía: los remordimientos, mis únicos compañeros de celda, salvo cuando las monjas deciden entrar y charlar un rato. No hablan de Dios ni me condenan por eso que la sociedad llama «pecados de la carne». Generalmente dicen una o dos palabras y de mi boca emanan recuerdos, como si quisiera retroceder en el tiempo, buceando en este río que corre hacia atrás.

Una de ellas me preguntó:

—Si Dios te diese otra oportunidad, ¿te comportarías de modo diferente?

Contesté que sí, pero realmente no lo sé. Todo lo que sé es que mi corazón es hoy una ciudad fantasma, habitada por pasiones, entusiasmo, soledad, vergüenza, orgullo, alevosía, tristeza. No puedo desprenderme de nada de eso, ni cuando siento pena de mí misma y lloro en silencio.

Soy una mujer nacida en una época equivocada y nada podrá cambiarlo. No sé si en el futuro se me recordará, pero si así fuera, que nadie me vea como a una víctima, sino como a alguien que nunca dejó de luchar con valentía y pagó el precio que le tocó pagar.

En una de mis visitas a Viena conocí a un señor que se estaba haciendo muy famoso en Austria. Se apellidaba Freud, no recuerdo su nombre, y la gente lo adoraba por haber recuperado la posibilidad de que todos seamos inocentes; nuestras faltas, en realidad, pertenecen a nuestros padres.

Trato de averiguar en qué se equivocaron, pero no puedo culpar a mi familia. Adam Zelle y Antje me dieron todo lo que el dinero podía comprar. Tenían una sombrerería, invirtieron en petróleo ya antes de que se supiese lo importante que llegaría a ser, me permitieron estudiar en una escuela particular, practicar danza, ir a clases de equitación. Cuando empezaron a acusarme de ser «una mujer de vida fácil», mi padre escribió un libro en mi defensa, algo que no debería haber hecho, porque me sentía del todo cómoda con lo que hacía y con su texto solamente consiguió centrar más la atención sobre las acusaciones de que era una prostituta y mentirosa.

Sí, era una prostituta, si se entiende como tal alguien que recibe favores y joyas a cambio de cariño y placer. Sí, era una mentirosa, pero tan compulsiva y tan descontrolada que, muchas veces, olvidaba lo que había dicho y tenía que emplear una enorme cantidad de energía mental para enmendar mis errores.

No puedo culpar a mis padres de nada, salvo de haber nacido en la ciudad equivocada, Leeuwarden, lugar que la mayoría de mis compatriotas holandeses ni siquiera conocía, donde nunca pasaba absolutamente nada y los días eran todos iguales. Ya en la adolescencia comprendí que era una mujer bonita porque mis amigas solían imitarme.

En 1889, la fortuna de mi familia cambió; Adam fue a la quiebra y Antje cayó enferma y murió dos años después. Como no querían que esa mala situación me afectase, me enviaron a una escuela en otra ciudad, Leiden, firmes en su objetivo de que debía recibir la mejor educación y prepararme para ser maestra de jardín de infancia mientras no conseguía un marido, un hombre que se encargase de mí. El día de mi partida, mi madre me llamó y me dio un paquete de semillas:

—Llévate esto contigo, Margaretha.

Margaretha, Margaretha Zelle era mi nombre, que yo sencillamente detestaba. Había una infinidad de niñas que se llamaban de esta forma por una famosa y respetable actriz.

Le pregunté para qué servían.

—Son semillas de girasoles. Sin embargo, más que eso, son algo que debes aprender; serán siempre girasoles, aunque no seas capaz de distinguirlos de otras flores. Aunque quieran, nunca podrán convertirse en rosas o en tulipanes, el símbolo de nuestro país. Si quieren negar su propia existencia, vivirán una vida amarga y morirán.

»Es decir, aprende a seguir tu destino con alegría, sea cual sea. Mientras crecen, las flores muestran su belleza y son apreciadas; después mueren y dejan sus semillas para que otros continúen el trabajo de Dios.

Guardó las semillas en un saquito que, hacía días, la había visto tejer con todo el esmero, a pesar de su enfermedad.

—Las flores nos enseñan que nada es permanente; ni la belleza, ni el hecho de que se marchiten, porque darán nuevas semillas. Recuérdalo cuando sientas alegría, dolor o tristeza. Todo pasa, envejece, muere y renace.

¿Cuántas tempestades tendría que superar hasta entenderlo? Sin embargo, en aquel momento, sus palabras me sonaron huecas; estaba impaciente por marcharme de aquella ciudad asfixiante, con sus días y sus noches iguales. Hoy, mientras escribo esto, comprendo que mi madre también se refería a ella misma.

—Hasta los árboles más altos proceden de semillas tan pequeñas como éstas. Recuérdalo y no te precipites.

Me dio un beso de despedida y mi padre me llevó hasta la estación de tren. Apenas hablamos durante el camino.

Casi todos los hombres que he conocido me dieron alegrías, joyas, un lugar en la sociedad, y nunca me arrepentí de conocerlos, excepto al primero, el director de la escuela, que me violó cuando tenía dieciséis años.

Me llamó a su despacho, cerró la puerta, metió su mano entre mis piernas y empezó a masturbarse. Primero intenté librarme diciéndole, amablemente, que no era el momento ni el lugar, pero él no decía nada. Apartó algunos papeles de su mesa, me puso boca abajo y me penetró con rapidez, como si tuviese miedo de algo, temiendo que alguien pudiera entrar en el despacho y sorprenderlo.

Mi madre me había enseñado, por medio de una conversación llena de metáforas, que sólo se puede llegar a «intimidades» con un hombre si es por amor y si este amor es para siempre. Salí de allí confusa y asustada, decidida a no contarle a nadie lo sucedido, hasta que una de mis amigas sacó el tema mientras charlábamos en grupo. Me enteré de que ya les había pasado a dos de ellas, pero ¿a quién íbamos a quejarnos? Corríamos el riesgo de ser expulsadas de la escuela, así que volvimos a casa sin poder contar lo ocurrido, sin más remedio que permanecer calladas. Mi consuelo fue saber que no era la única. Más tarde, cuando me hice famosa en París gracias a mis actuaciones como bailarina, aquellas chicas se lo contaron a otras y, en poco tiempo, todo Leiden sabía lo que había pasado. El director ya estaba jubilado y nadie se atrevía a decirle nada. ¡Todo lo contrario! Algunos hasta lo envidiaban por haber sido el primer hombre de la gran diva del momento.

Desde entonces, asocié el sexo con algo mecánico que nada tenía que ver con el amor.

Pero Leiden era aún peor que Leeuwarden; tenía la famosa escuela de maestras de jardín de infancia, un bosque que iba a dar a una carretera, vecinos que no tenían nada mejor que hacer que ocuparse de la vida de los demás y ya está. Un día, para matar el aburrimiento, me puse a leer los anuncios clasificados del periódico de una ciudad cercana. Y allí estaba:

Rudolf MacLeod, oficial del ejército holandés, de ascendencia escocesa, actualmente de servicio en Indonesia, busca novia joven para casarse y vivir en el extranjero.

¡Allí estaba mi salvación! Oficial. Indonesia. Mares desconocidos y mundos exóticos. Ya estaba harta de aquella Holanda conservadora, calvinista, llena de prejuicios y tedio. Contesté al anuncio incluyendo una foto, la mejor y más sensual que tenía. Ni me imaginaba que se trataba de una broma de un amigo suyo y que mi carta sería la última en llegar, de un total de dieciséis recibidas.

Vino a verme como si se fuese a la guerra: totalmente uniformado, con una espada colgando a la izquierda y bigotes largos, con brillantina, que parecían esconder un poco su fealdad y su falta de modales.

En nuestro primer encuentro, charlamos un rato sobre cosas sin importancia. Recé para que volviese, y mis oraciones fueron atendidas.

Una semana después, regresó, para envidia de mis amigas y desesperación del director de la escuela, que, posiblemente, aún soñaba con otro día como aquél. Noté que olía a alcohol, pero no le di mucha importancia, atribuyéndolo al hecho de que debía de sentirse nervioso ante una joven que, según todas mis amigas, era la más guapa de la clase.

En el tercer y último encuentro me pidió matrimonio. Indonesia. Capitán del ejército. Viajes lejanos. ¿Qué más puede pedirle a la vida una joven?

—¿Te vas a casar con un hombre veintiún años más viejo que tú? ¿Sabe que ya no eres virgen? —me preguntó una de las chicas que había tenido la misma experiencia con el director de la escuela.

No contesté. Volví a casa, él pidió respetuosamente mi mano, mi familia consiguió un préstamo de los vecinos para el ajuar y nos casamos el día 11 de julio de 1895, tres meses después de haber leído el anuncio.

Cambiar y cambiar para mejor son dos cosas del todo diferentes. De no ser por la danza y por Andreas, mis años en Indonesia habrían sido una pesadilla sin fin. Y la peor pesadilla es pasar de nuevo por todo eso. Un marido distante y siempre rodeado de mujeres, la imposibilidad de huir y volver a casa, la soledad que me obligaba a pasar durante meses sin salir a la calle porque no hablaba el idioma, además de estar constantemente vigilada por los otros oficiales.

Aquello que debería ser una alegría para cualquier mujer, me refiero al nacimiento de sus hijos, se convirtió en una pesadilla. Cuando superé el dolor del primer parto, mi vida se llenó de sentido al tocar por primera vez el minúsculo cuerpo de mi hija. Rudolf mejoró su comportamiento durante algunos meses, pero luego volvió a lo que más le gustaba: sus amantes locales. Según él, ninguna europea podía competir con una mujer asiática, para la que el sexo era como una danza. Me lo decía sin el menor pudor, tal vez por estar borracho, tal vez porque quería humillarme deliberadamente. Andreas me contó que, una noche, estando ambos en una expedición sin sentido, yendo de la nada hacia ningún sitio, le había dicho en un momento de sinceridad alcohólica:

—Margaretha me da miedo. ¿Te has fijado en cómo la miran todos los demás oficiales? Puede abandonarme de un momento a otro.

Y, dentro de esa lógica enfermiza que transforma en monstruos a los hombres que tienen miedo de perder a alguien, se volvía cada vez peor. Me llamaba prostituta porque no era virgen cuando lo conocí. Quería saber detalles de todos los hombres con los que, según su imaginación, yo había estado. Cuando, llorando, le contaba la historia del director en su despacho, a veces me pegaba diciendo que era mentira, otras se masturbaba pidiéndome más detalles. Como para mí no era más que una pesadilla, me veía obligada a inventar esos detalles, sin entender muy bien por qué lo hacía.

Llegó incluso a mandarme con una criada a comprar lo más parecido al uniforme que usaba en la escuela en la que me conoció. Cuando lo poseía algún demonio que yo desconocía, me ordenaba ponérmelo; su fantasía favorita era repetir la escena de la violación: me acostaba sobre la mesa y me penetraba con violencia mientras gritaba, para que todos los criados pudiesen oírlo, dando a entender que a mí me encantaba aquello.

En ocasiones tenía que comportarme como la niña buena que debe resistir mientras él me violaba; otras, me obligaba a gritar pidiéndole que fuese más violento, porque yo era una prostituta y aquello me gustaba.

Poco a poco fui perdiendo la noción de quién era. Pasaba los días cuidando de mi hija, andando por la casa con un aire displicentemente noble, disimulando los golpes con exceso de maquillaje, pero sabiendo que no engañaba a nadie, absolutamente a nadie.

Me quedé embarazada otra vez, viví algunos días de inmensa dicha cuidando de mi hijo, pero fue envenenado por una de sus niñeras, que ni siquiera tuvo que dar explicaciones:

otros criados la mataron el mismo día que el bebé apareció muerto. Al final, la mayoría dijo que había sido una venganza más que justa porque la criada era constantemente apaleada, violada y explotada con horas interminables de trabajo.

Ya sólo tenía a mi hija, una casa vacía en la que vivía, un marido que no me llevaba a ningún sitio por miedo a que lo engañase y una ciudad cuya belleza era tal que llegaba a ser opresiva. Estaba en el paraíso, viviendo mi infierno personal.

Hasta que, un día, todo cambió: el comandante del regimiento invitó a los oficiales y a sus esposas a una presentación de baile local que iba a ofrecerse en homenaje a uno de los gobernantes de la isla. Rudolf no podía decirle «no» a una autoridad superior. Me pidió que fuese a comprar ropa sensual y cara. Entiendo la palabra *cara*: se refería a sus posibilidades, no a mis dotes personales. Pero si, como supe más tarde, tenía tanto miedo de mí, ¿por qué quería que llevase ropa sensual?

Cuando llegamos al lugar del evento, las mujeres me miraban con envidia, los hombres con deseo; también noté que aquello excitaba a Rudolf. Al parecer, aquella noche iba a terminar muy mal, obligándome a describir lo que «había imaginado hacer» con cada uno de aquellos oficiales, mientras él me penetraba y me pegaba. Necesitaba proteger de cualquier modo lo único que tenía: a mí misma. Y la única manera que se me ocurrió fue mantener una charla interminable con un oficial que ya conocía llamado Andreas, cuya mujer me miraba con terror y espanto, mientras yo mantenía siempre llena la copa de mi marido, esperando que se cayese de tanto beber.

Me gustaría dejar de escribir sobre Java en este instante; cuando el pasado nos trae un recuerdo capaz de abrir una herida, las demás llagas aparecen de repente, haciendo que el alma sangre más profundamente, hasta que te arrodillas y lloras. Pero no puedo interrumpir esa parte sin mencionar las tres cosas que allí cambiarían mi vida: mi decisión, el baile al que asistimos y Andreas.

Mi decisión: no podía seguir acumulando problemas y vivir más allá del límite de sufrimiento que cualquier ser humano puede soportar.

Mientras pensaba en ello, el grupo que se disponía a bailar para el gobernante local fue entrando en escena, un total de nueve personas. En lugar del ritmo frenético, alegre y expresivo que solía ver en mis pocas visitas a los teatros de la ciudad, todo parecía suceder a cámara lenta, lo cual me aburrió mucho al principio; pero luego me invadió una especie de trance religioso a medida que los bailarines se dejaban llevar por la música y asumían posturas que yo juzgaba prácticamente imposibles. En una de ellas, el cuerpo se doblaba hacia delante y hacia atrás, formando una ese extremadamente dolorosa, y así se quedaban hasta que salían de aquella inmovilidad de manera súbita, como si fuesen leopardos preparados para atacar por sorpresa.

Todos iban pintados de azul, vestidos con sarongs, el traje típico local, y llevaban en el pecho una especie de cinta que resaltaba los músculos de los hombres y cubría los senos de las mujeres. Éstas, a su vez, llevaban artesanales tiaras hechas con pedrería. A veces, la dulzura desaparecía e imitaban batallas, con cintas de seda que hacían de espadas imaginarias.

Mi trance era cada vez más profundo. Por primera vez entendí que Rudolf, Holanda, mi hijo asesinado, todo formaba parte de un mundo que moría y renacía, como las semillas que mi madre me había dado. Miré al cielo y vi las estrellas y las hojas de palmera; estaba decidida a dejarme llevar a otra dimensión y a otro espacio cuando la voz de Andreas me interrumpió:

—¿Lo entiendes todo?

Creía que sí, porque mi corazón había dejado de sangrar y ahora contemplaba la belleza en su forma más pura. Sin embargo, los hombres siempre tienen que dar explicaciones, y me dijo que aquel tipo de ballet procedía de una antigua tradición india que combinaba yoga y meditación. Era incapaz de entender que la danza es un poema y cada movimiento representa una palabra.

Inmediatamente, mi yoga mental y mi meditación espontánea se vieron interrumpidos, y me vi en la obligación de seguir de alguna manera la conversación para no parecer maleducada.

La mujer de Andreas miraba a su marido.

Andreas me miraba a mí. Rudolf me miraba a mí, a Andreas y a una de las invitadas del gobernante, que devolvía la cortesía con sonrisas.

Charlamos durante algún tiempo, a pesar de las miradas de reprobación de los javaneses, porque ninguno de nosotros, los extranjeros, respetaba su ritual sagrado. Quizá por eso el espectáculo acabó antes y todos los bailarines salieron en una especie de procesión, con la mirada fija en sus compatriotas. Ninguno de ellos dirigió sus ojos hacia el atajo de bárbaros blancos acompañados de sus mujeres bien vestidas, sus sonoras risas, sus barbas y bigotes cubiertos de vaselina y sus pésimos modales.

Rudolf se dirigió hacia la javanesa que sonreía y lo contemplaba sin dejarse intimidar por nada, no antes de que yo le llenase la copa una vez más. La mujer de Andreas se acercó, cogió su brazo, sonrió como diciendo «es mío» y fingió gran interés por los comentarios inútiles que su marido hacía sobre la danza.

—Todos estos años te he sido fiel —dijo interrumpiendo la conversación—. Eres tú el que impulsa mi corazón y mis actos, y Dios es testigo de que, todas las noches, rezo para que vuelvas a casa sano y salvo. Si tuviera que dar mi vida por ti, lo haría sin pensarlo.

Andreas se excusó y dijo que se marchaban ya, la ceremonia había sido cansina para todos, pero ella dijo que no se movía de allí; lo dijo con tal autoridad que su marido ni siquiera se atrevió a dar un paso más.

—He sido paciente, esperaba que comprendieses que eres lo más importante de mi vida. Me vine contigo a vivir a este país, que, a pesar de ser hermoso, debe de ser una pesadilla para todas las mujeres, incluso para Margaretha.

Se volvió hacia mí, implorando con sus grandes ojos azules mi conformidad, pidiéndome que siguiese la tradición milenaria por la que las mujeres son siempre enemigas y cómplices, pero me faltó coraje para asentir.

—He luchado por este amor con todas mis fuerzas, pero ya no tengo más. La piedra que pesaba en mi corazón ahora es del tamaño de una roca y ya no lo deja latir. Mi corazón, en su último suspiro, me ha dicho que hay otros mundos además de éste, en los que no me veré obligada a suplicar la compañía de un hombre que llene estos días y noches vacíos.

Algo me decía que la tragedia se acercaba. Le pedí que se calmase diciéndole que todos la apreciaban y que su marido era un modelo a seguir para los otros oficiales. Ella meneó la cabeza y sonrió, como si fuera algo que ya había oído muchas veces. Luego continuó:

—Mi cuerpo puede seguir respirando, pero mi alma está muerta porque no puedo irme de aquí ni soy capaz de hacerte entender que debes quedarte a mi lado.

Andreas, oficial del ejército holandés, con una reputación que salvaguardar, estaba visiblemente incómodo. Di media vuelta para alejarme, pero ella soltó el brazo de su marido y agarró el mío.

—Sólo el amor puede darle sentido a aquello que no lo tiene. Pero, como no tengo ese amor, ¿para qué seguir viviendo?

Su cara estaba muy cerca de la mía; traté de ver si le olía el aliento a alcohol, pero no. La miré a los ojos y tampoco vi lágrimas; probablemente ya no le quedaba ninguna.

—Por favor, necesito que te quedes, Margaretha. Eres una buena mujer que ha perdido a un hijo; sé lo que eso significa, aunque nunca he estado embarazada. No hago esto por mí, sino por todas las mujeres que son prisioneras en su supuesta libertad.

La esposa de Andreas sacó una pequeña pistola del bolso, apuntó hacia su propio corazón y disparó antes de que nadie pudiese impedírselo. A pesar de que gran parte del ruido fue absorbido por su vestido de gala, la gente miró hacia nosotras. En un primer momento, pensaron que había sido yo la que había disparado, ya que, segundos antes, estaba agarrada a mí. Pero enseguida vieron el horror en mis ojos y a Andreas arrodillado, intentando detener la sangre que se llevaba la vida de su mujer. Murió en sus brazos y su mirada sólo reflejaba paz. Se acercaron todos, incluso Rudolf; la javanesa se alejó en dirección opuesta, por miedo a lo que pudiese ocurrir con tantos hombres armados y borrachos. Antes de que empezaran a preguntar qué había sucedido, le pedí a mi marido que nos fuéramos de allí; él asintió, sin comentar nada.

Al llegar a casa, me fui directamente a mi habitación y me puse a empaquetar mi ropa. Rudolf cayó en el sofá, completamente borracho. A la mañana siguiente, cuando despertó y después del buen desayuno que le sirvieron los criados, fue a mi habitación y vio las maletas. Fue la primera vez que tocó el tema.

—¿Adónde te crees que vas?

—A Holanda, en el próximo barco. O al paraíso, en cuanto tenga una oportunidad como la de la mujer de Andreas. Tú decides.

Hasta ese momento se había acostumbrado a ser el único que daba las órdenes. Pero debió de notar algo distinto en mi mirada y, tras un momento de duda, se fue. Cuando volvió aquella noche, dijo que podríamos aprovechar las vacaciones que le correspondían. Dos semanas después, partimos en el primer barco hacia Róterdam.

Había sido bautizada con la sangre de la mujer de Andreas y, en mi ritual de bautismo, era libre para siempre, aunque ni él ni yo supiésemos hasta dónde podría llegar dicha libertad.

Parte del precioso tiempo que me queda, aunque todavía albergo muchas esperanzas de conseguir el perdón del presidente de la República, ya que tengo muchos amigos entre los ministros, lo ha ocupado la hermana Laurence, que hoy me ha traído una lista de objetos que estaban en mi equipaje cuando me detuvieron.

Me preguntó, con todo el tacto posible, qué debía hacer con ellos si las cosas no iban bien. Le pedí que me dejase la lista y le dije que se la devolvería más tarde, pues no tengo tiempo que perder. Pero si las cosas no van bien, puede hacer lo que quiera. En cualquier caso, voy a copiarla porque empiezo a creer que todo va a salir bien.

Baúl 1:

1 reloj dorado decorado con barniz azul y comprado en Suiza, y

1 caja redonda con 6 sombreros;
3 alfileres de oro con perla;
algunas plumas largas;
1 velo;
2 estolas de piel;
3 adornos de sombrero;
1 broche con forma de pera y
1 vestido de gala.

Baúl 2:
1 par de botas de montar;
1 peine para cepillar caballos;
1 caja de cera de engrasar;
1 par de polainas;
1 par de espuelas;
5 pares de zapatos de cuero;
3 blusas blancas para combinar con ropa de amazona;
1 servilleta, que no sé qué hace ocupando sitio, puede que la usara para pulir las botas;
1 par de polainas de cuero, protección para las piernas, y
3 sujetadores especiales para los pechos, para mantenerlos firmes durante el galope.

8 bragas de seda y 2 de algodón;
2 cinturones para combinar con ropa de montar;
4 pares de guantes;
1 paraguas;
3 viseras para evitar el sol directo en los ojos;
3 pares de calcetines de lana, aunque uno ya está gastado de tanto usarlo;
1 bolsa especial para guardar vestidos;
15 toallas higiénicas para la regla;
1 suéter de lana;
1 traje completo de montar, con chaqueta y pantalón a juego;
1 caja con pinzas del pelo;
1 extensión de pelo falso, con una pinza para sujetarla;
3 pieles de zorro para proteger la garganta, y
2 cajas de polvos de arroz.

Baúl 3:
6 pares de ligas;
1 caja de hidratante para la piel;
3 pares de botas de charol y tacón alto;

2 corsés;
34 vestidos;
1 saco de tela hecho a mano, al parecer, con semillas de plantas no identificadas;
8 corpiños;
1 chal;
10 bragas más cómodas;
3 chalecos;
2 chaquetas;
3 peines;
16 blusas;
otro vestido de gala;
1 paño y 1 barra de jabón perfumado (no utilizo el de los hoteles porque puede transmitir enfermedades);
1 collar de perlas;
1 bolso de mano con espejo en la parte interior;
1 peine de mármol;
2 cajas donde guardo mis joyas antes de acostarme;
1 caja con tarjetas de visita de cobre, a nombre de «Vadime de Massloff, capitaine du Premier Régiment Spécial Impérial russe»;

1 caja de madera con un juego de té de porcelana que adquirí en el viaje;
2 camisones;
1 lima de uñas con mango de madreperla;
2 pitilleras, una de plata y otra de oro, o bañada en oro, no lo sé seguro;
8 redecillas para dormir;
cajas con collares, pendientes, 1 anillo de esmeralda, otro anillo de esmeralda y brillantes y otra bisutería de poco valor;
bolsa de tela de seda con 21 pañuelos;
3 abanicos;
1 barra de labios francesa de la mejor calidad;
1 diccionario de francés;
1 cartera con varias fotos mías, y...
y unas cuantas tonterías de las que pretendo deshacerme en cuanto me suelten, como cartas de amantes atadas con cintas especiales de seda, entradas usadas de óperas que me gustaron..., cosas así.

La mayor parte de mis cosas se las quedó el hotel Meurice de París, porque creían, erróneamente, por supuesto, que no tenía dinero para pagar la estancia. ¿Cómo pudieron pensar algo así? Si París siempre fue mi primer destino; nunca dejaría que me considerasen una estafadora.

No pedía ser feliz; únicamente quería no ser tan infeliz y miserable como me sentía. Puede que, si hubiera tenido un poco más de paciencia, habría llegado a París en otras condiciones..., pero ya no podía soportar los reproches de mi nueva madrastra, de mi marido, de la niña, que lloraba todo el tiempo, de la ciudad, con los mismos habitantes provincianos y llenos de prejuicios, a pesar de que ya era una mujer casada y respetable.

Un día, sin que nadie se enterase, para lo cual había que ser muy intuitiva y hábil, cogí un tren a La Haya y fui directamente al consulado francés. Aún no sonaban los tambores de guerra. Entrar en el país todavía era fácil; Holanda siempre había permanecido neutral ante los conflictos que asolaban Europa y yo tenía confianza en mí misma. Conocí al cónsul; después de dos horas en un café, durante las cuales trató de seducirme y yo fingí que caía en la trampa, conseguí un billete de ida a París, donde le prometí que lo esperaría hasta que pudiera pasar unos días allí.

—Sé ser generosa con los que me ayudan —insinué.

Entendió el mensaje y me preguntó qué sabía hacer.

—Soy bailarina clásica de música oriental.

¿Música oriental? Aquello despertó aún más su curiosidad. Le pregunté si podía conseguirme un trabajo. Comentó que podía presentarme a alguien muy poderoso en la ciudad, monsieur Guimet, al que le encantaba todo lo relacionado con Oriente, además de ser un gran coleccionista de arte.

—¿Cuándo quiere irse?

—Hoy mismo, si me consigue usted un sitio en el que quedarme.

Se dio cuenta de que lo estaba manipulando; debió de pensar que era una de esas mujeres que se van a la ciudad de los sueños de todo el mundo en busca de hombres ricos y vida fácil. Noté que empezaba a echarse atrás. Me escuchaba pero, al mismo tiempo, observaba cada uno de mis movimientos, cada palabra que decía, cómo me movía. Y, al revés de lo que pensaba, yo, que estaba comenzando a comportarme como una mujer fatal, me mostraba como la mujer más recatada del mundo.

—Si su amigo quiere, puedo mostrarle una o dos piezas de auténtica danza javanesa. En caso de que no le guste, cojo el tren de regreso ese mismo día.

—Pero la señora...

—Señorita.

—Sólo me ha pedido un billete de ida.

Saqué algún dinero del bolso y le demostré que tenía suficiente para volver. Tenía también suficiente para ir, pero dejar que un hombre ayude a una mujer siempre lo hace más vulnerable; es el sueño de todos, tal como me contaban las amigas de los oficiales en Java.

Se relajó y me preguntó cómo me llamaba para poder escribir una carta de recomendación para monsieur Guimet. ¡Ni se me había ocurrido! ¿Un nombre? Eso lo llevaría hasta mi familia, y lo último que le interesaba a Francia era provocar un conflicto con una nación neutral por culpa de una mujer desesperada por fugarse.

—¿Su nombre? —repitió, ya con el bolígrafo y el papel en la mano.

—Mata Hari.

La sangre de la mujer de Andreas me bautizaba otra vez.

No podía creer lo que veía: una enorme torre de hierro que casi llegaba al cielo y que no aparecía en ninguna de las postales de la ciudad. En cada una de las orillas del río Sena, había diferentes construcciones que recordaban a China, a Italia y a cualquier país conocido del mundo. Intenté encontrar Holanda, pero no pude. ¿Qué representaba a mi país? ¿Los antiguos molinos? ¿Los pesados zuecos? Nada de aquello encajaba en medio de tanta cosa moderna; los carteles colocados en bases circulares de hierro anunciaban cosas que yo no sabía ni que existían:

«¡Vean! ¡Luces que se encienden y se apagan sin necesidad de gas ni de fuego! ¡Sólo en el palacio de la electricidad!»

«¡Suba las escaleras sin mover los pies! Los escalones lo hacen por usted.» Estaba debajo del diseño de una estructura parecida a un túnel abierto, con pasamanos a ambos lados.

«*Art nouveau*: la gran tendencia de la moda.»

En este caso, no había ningún signo de exclamación, sino la foto de un florero con dos cisnes de porcelana. Debajo, el diseño de una estructura de metal semejante a la de la torre gigante, con el pomposo nombre de «Grand Palais».

Cineorama, Mareorama, Panorama, todos prometían imágenes que se movían y que transportaban al visitante, a través de imágenes en movimiento, a lugares inimaginables. Cuanto más veía, más perdida me sentía. Y también más arrepentida; tal vez había dado un paso demasiado largo para las piernas.

La ciudad era un hervidero, con gente que iba de un lado a otro; las mujeres se vestían con una elegancia que jamás había visto; los hombres parecían ocupados con asuntos importantes, pero, siempre que volvía la cabeza, notaba que sus miradas me seguían.

Con gran inseguridad, un diccionario en las manos y muchas dificultades, aunque dábamos francés en la escuela, me acerqué a una chica que debía de ser más o menos de mi edad y le pregunté dónde estaba el hotel en el que el cónsul había hecho la reserva. Le echó un vistazo a mi equipaje, a mi ropa y, a pesar de que llevaba puesto el mejor vestido que me había traído de Java, siguió su camino sin contestarme. Por lo visto, o los extranjeros no eran bienvenidos, o los parisienses se creían superiores a los demás pueblos de la Tierra.

Volví a intentarlo otras dos o tres veces, pero la respuesta fue siempre la misma, hasta que me cansé y decidí sentarme en un banco en el Jardín de las Tullerías, uno de mis sueños de adolescente. Haber llegado hasta allí ya había sido una gran conquista.

Volver atrás. Durante algún tiempo luché conmigo misma, sabiendo que difícilmente iba a conseguir encontrar el lugar donde iba a dormir. En ese momento, el destino interfirió: se levantó una ráfaga de viento y una chistera vino a caer justamente entre mis piernas.

La cogí con cuidado y me puse en pie para entregársela al hombre que corría hacia mí.

—Veo que tiene usted mi sombrero —dijo.

—Su sombrero voló hacia mis piernas —contesté.

—Me imagino por qué —repuso sin disimular su clara intención de seducirme. Al contrario que los calvinistas de mi país, los franceses tenían fama de ser completa y totalmente libres.

Extendió la mano para coger la chistera y yo la escondí a mi espalda extendiendo la otra, en la que sujetaba el papel con la dirección del hotel. Después de leerlo, me preguntó qué era.

—El sitio en el que vive una amiga mía. Vengo a pasar dos días con ella.

No podía decir que iba a cenar con ella porque había visto el equipaje a mi lado.

No decía nada. Supuse que debía de ser un lugar poco recomendable, pero su respuesta fue una sorpresa:

—La *rue* de Rivoli está justamente detrás del banco en el que está usted sentada. Puedo llevar su maleta; de camino hay varios bares, ¿aceptaría tomar una copa de anís, madame...?

—Mademoiselle Mata Hari.

No tenía nada que perder; era mi primer amigo en la ciudad. Anduvimos hacia el hotel y, de camino, paramos en un restaurante en el que los camareros usaban delantales hasta los pies, se vestían como si acabaran de salir de una fiesta de gala y prácticamente no le sonreían a nadie, salvo a mi compañero, cuyo nombre he olvidado. Encontramos una mesa apartada en una esquina del local.

Me preguntó de dónde venía. Le expliqué que de las Indias Orientales, una parte del imperio holandés, donde había nacido y me había criado. Comenté algo sobre la bonita torre, quizá única en el mundo y, sin querer, desperté su ira.

—La van a desmontar dentro de cuatro años. Esta exposición universal ha resultado más cara para las arcas públicas que las dos últimas guerras en las que hemos intervenido. Quieren hacernos creer que, a partir de ahora, habrá una especie de vínculo entre todos los países de Europa y que, por fin, vamos a vivir en paz. ¿Puede usted creerlo?

Yo no tenía ni idea, de modo que preferí permanecer en silencio. Como ya he dicho antes, a los hombres les encanta contar cosas y tener opiniones sobre todo.

—Tiene usted que ver el pabellón que han construido los alemanes. Tratan de humillarnos; es enorme, de pésimo gusto: instalaciones de maquinaria, metalurgia, miniaturas de barcos que dentro de nada van a dominar todos los mares, y una torre gigante llena de... —hizo una pausa, como si fuera a decir algo obsceno—, ¡de cerveza! —prosiguió—. Dicen que es en homenaje al káiser, pero estoy absolutamente seguro de que todas esas cosas tienen un único objetivo: advertirnos para que tengamos cuidado con ellos. Hace diez años detuvieron a un espía judío que aseguró que la guerra iba a llamar de nuevo a nuestras puertas. Pero hoy en día se jura que el pobre es inocente, todo por culpa del maldito escritor Zola. Ha conseguido dividir a la sociedad y, ahora, la mitad de Francia quiere liberarlo y dejarlo salir del lugar en el que debería permanecer para siempre, la isla del Diablo.

Pidió otras dos copas de anís, se tomó la suya deprisa y dijo que estaba demasiado ocupado pero que, si me quedaba más tiempo en la ciudad, debía visitar el pabellón de mi país.

¿Mi país? Yo no había visto molinos ni zuecos.

—En realidad, le han dado un nombre equivocado: pabellón de las Indias Orientales de Holanda. No he tenido tiempo de pasar por allí; seguro que le espera el mismo futuro que al resto de las instalaciones, pero me han dicho que es muy interesante.

Se levantó. Cogió una tarjeta de visita, sacó un bolígrafo de oro del bolsillo y garabateó su nombre, señal de que esperaba que algún día, quién sabe, pudiéramos conocernos mejor.

Salió despidiéndose formalmente de mí con un beso en la mano. Leí la tarjeta y no tenía ninguna dirección, lo cual, ya lo sabía, era normal. No quería acumular cosas inútiles, de modo que, en cuanto desapareció de mi vista, la arrugué y la tiré.

Dos minutos después, volví a coger la tarjeta: ¡aquél era el hombre al que iba dirigida la carta del cónsul!

PARTE 2

«Delgada y alta, con la gracia flexible de un animal salvaje, su cabello negro se encaracola de una forma extraña y nos transporta a un lugar mágico.»

«La más femenina de todas las mujeres, escribiendo una tragedia desconocida con su cuerpo.»

«Mil curvas y mil movimientos que combinan a la perfección con mil ritmos diferentes.»

Esos recortes de diarios parecen trozos de una taza rota que narran una vida que ya no recuerdo. En cuanto salga de aquí, mandaré encuadernarlos en cuero, con un marco de oro para cada página, y serán mi legado para mi hija, ya que todo mi dinero ha sido confiscado. Cuando estemos juntas, le hablaré sobre el Folies Bergère, el sueño de todas las mujeres que pretendan bailar en público. Le contaré lo bello que es el Madrid de los Austrias, las calles de Berlín, los palacios de Montecarlo. Pasearemos por el Trocadero, el Cercle Royal, iremos al Maxim's, al Rumpelmayer's y a todos los restaurantes, que se alegrarán por el regreso de su más famosa clienta.

Iremos juntas a Italia, felices porque el maldito Diáguilev está al borde de la quiebra. Le enseñaré la Scala de Milán y le diré con orgullo:

—Aquí bailé *Bacchus y Gambrinus*, de Marceno. Estoy segura de que lo que estoy pasando ahora aumentará mi prestigio; ¿a quién no le gustaría verse con una mujer fatal, posiblemente una «espía» que posee un montón de secretos? Todo el mundo flirtea con el peligro, siempre y cuando no haya peligro.

Ella, posiblemente, me preguntará:

—¿Y mi madre, Margaretha MacLeod?

Y yo contestaré:

—No sé quién es esa mujer. Toda mi vida he pensado y actuado como Mata Hari, la que fue y será para siempre la fascinación de los hombres y la más envidiada de las mujeres.

Desde que me fui de Holanda perdí la noción de distancia, de peligro, nada de eso me asusta. Llegué a París sin dinero y sin ropa adecuada, y mira cómo he subido en la vida. Espero que así sea contigo.

Le hablaré de mis bailes, menos mal que tengo fotos en las que se ve gran parte de los movimientos y de los trajes. Al contrario de lo que decían los críticos que nunca me entendieron, cuando actuaba, simplemente me olvidaba de la mujer que era y le ofrecía todo aquello a Dios. Por eso me desnudaba con tanta facilidad. Porque, en aquellos momentos, no era nada; mi cuerpo tampoco; era, sencillamente, los movimientos que comulgaban con el universo.

Siempre le estaré agradecida a monsieur Guimet, que me dio la primera oportunidad, presentándome en su museo privado con ropa cara que mandó importar de Asia para su colección particular, a pesar de haberme costado media hora de mucho sexo y poco placer. Bailé para una audiencia de trescientas personas que incluía periodistas, celebridades y, al menos, dos embajadores, el japonés y el alemán. Dos días después, todos los periódicos hablaban de ello: de la exótica mujer nacida en un lugar remoto del imperio holandés que los acercaba a la «religiosidad» y la «desinhibición» de pueblos lejanos.

El escenario del museo estaba decorado con una estatua de Shiva, el dios hindú de la creación y la destrucción. Ardían velas en aceites aromáticos y la música los tenía a todos en una especie de trance; menos a mí, que sabía exactamente lo que planeaba hacer después de haber examinado con cuidado la ropa que me había sido confiada. Era ahora o nunca; la única oportunidad de mi vida, hasta entonces miserable, siempre pidiendo favores y, eventualmente, devolviendo esos favores a cambio de sexo. Ya estaba acostumbrada; pero una cosa es estar acostumbrada y otra es estar satisfecha. El dinero no era suficiente. ¡Quería más!

Al empezar a bailar, se me ocurrió que tenía que hacer algo que sólo hacía la gente del cabaret, sin importarle demasiado el darle un sentido. Estaba en un lugar respetable, con un público ávido de novedades pero sin el coraje suficiente para frecuentar ciertos lugares en los que podían ser vistos.

El traje estaba hecho de velos superpuestos. Retiré el primero y nadie pareció darle mucha importancia. Pero, cuando retiré el segundo y el tercero, los asistentes empezaron a mirarse unos a otros. En el quinto velo, el público estaba totalmente concentrado en lo que yo hacía, aunque no era por el baile, sino para saber hasta dónde iba a llegar. Ni las mujeres, con las que a cada momento cruzaba mi mirada durante los movimientos, parecían sorprendidas ni molestas; aquello debía de excitarlas tanto como a los hombres. Sabía que si estuviera en mi país me encarcelarían de inmediato, pero Francia era un ejemplo de igualdad y libertad.

Al llegar al sexto velo, me dirigí a la estatua de Shiva, simulé un orgasmo y me eché al suelo, mientras retiraba el séptimo y último velo.

Durante unos instantes, no oí ni un solo ruido del público, todos parecían petrificados u horrorizados, pero en la posición en la que me encontraba no podía verlos. Entonces llegó el primer «bravo», dicho por una voz femenina, y luego la sala entera aplaudía de pie. Me levanté cubriendo mis senos con un brazo y extendiendo el otro para esconder mi sexo. Hice un gesto de agradecimiento con la cabeza y salí por un lateral, donde ya había dejado estratégicamente un albornoz de seda. Volví, continué dando las gracias por los aplausos, que no paraban, y decidí que era mejor salir y no volver; eso formaba parte del misterio.

Sin embargo, me fijé en que había una persona que no aplaudía, sólo sonreía: madame Guimet.

A la mañana siguiente llegaron dos invitaciones. Una de ellas, de una mujer llamada madame Kireyevsky, preguntándome si podía repetir el mismo número en un baile de caridad para recaudar fondos para los soldados rusos heridos. Madame Guimet me llamó para pasear a orillas del Sena.

Los quioscos aún no estaban cubiertos de postales con mi cara, aún no había cigarrillos, ni puros ni lociones de baño con mi nombre; seguía siendo una ilustre desconocida, pero sabía que había dado el paso más importante: cada una de aquellas personas del público había salido de allí fascinada, y ésa era la mejor propaganda que podía tener.

—Menos mal que la gente es ignorante —dijo madame Guimet—. Porque nada de lo que hizo guarda relación alguna con la tradición oriental. Seguro que se iba inventando cada paso a medida que la noche avanzaba.

Me quedé helada y pensé que el siguiente comentario iba a ser sobre el hecho de haber pasado una noche, una simple, única y desagradable noche con su marido.

—Los únicos que saben del tema son los aburridos antropólogos que lo aprenden todo en los libros; nunca podrán denunciarla.

—Pero yo...

—Sí, creo que estuvo en Java y que conoce las costumbres locales, y que tal vez haya sido amante o esposa de algún oficial de su ejército. Y que, como cualquier joven, soñaba con tener éxito en París algún día; por eso huyó a la primera oportunidad y se vino aquí.

Seguimos andando, pero en silencio. Podía seguir mintiendo, como he hecho durante toda mi vida, y podía mentir sobre cualquier cosa, menos sobre algo que madame Guimet conocía perfectamente. Mejor esperar y ver hasta dónde llegaba la conversación.

—Querría darle algunos consejos —dijo mientras cruzábamos el puente que llevaba a la torre gigante de metal.

Le sugerí que nos sentásemos. Para mí era difícil concentrarme mientras caminábamos en medio de tanta gente. Le pareció bien y encontramos un banco en el Champ de Mars. Algunos hombres, con aire serio y compenetrado, lanzaban bolas de metal y trataban de alcanzar un trozo de madera; me pareció una escena absurda.

—He estado hablando con algunos amigos que estaban presentes en su actuación y sé que mañana los periódicos la van a poner por las nubes. Por mi parte, no se preocupe; no voy a decirle a nadie lo de la «danza oriental».

Continué escuchando. No era posible argumentar nada.

—Mi primer consejo es el más difícil, y nada tiene que ver con su actuación: nunca se enamore.

»El amor es un veneno. Una vez enamorada, deja de tener control sobre su vida, ya que su corazón y su mente pertenecen a la otra persona. Su existencia está amenazada.

»Se hace cualquier cosa para conservar a la persona amada y se pierde la noción del peligro. Esa cosa inexplicable y peligrosa llamada amor barre de la faz de la Tierra todo lo que usted es, y deja en su lugar aquello que la persona amada anhela que usted sea.

Me acordé de los ojos de la esposa de Andreas antes de dispararse a sí misma. El amor nos mata de repente, sin dejar ninguna prueba del crimen.

Un niño se acercó a un carrito para comprar un helado. Madame Guimet aprovechó aquella escena para su segundo consejo.

—La gente dice que la vida no es tan complicada; la vida es muy complicada. Lo sencillo es desear un helado, una muñeca, la victoria en el juego de bochas en el que aquellos adultos, padres de familia con grandes responsabilidades, sudan y sufren mientras lanzan una estúpida bola de metal y tratan de darle a un trocito de madera. Sencillo es querer ser famosa, pero difícil es mantenerse como tal durante más de un mes, un año, sobre todo cuando la fama está relacionada con el cuerpo. Sencillo es desear a un hombre con todo el corazón, pero todo resulta imposible y complicado cuando ese hombre está casado, tiene hijos y no va a dejar a su familia por nada de este mundo.

Hizo una larga pausa, sus ojos se llenaron de lágrimas, y me di cuenta de que hablaba de su propia experiencia.

Fue mi turno de hablar. Del tirón, le contesté que sí, que había mentido; que no había nacido ni me había educado en las Indias Holandesas, pero que conocí el lugar y el sufrimiento de las mujeres que llegaron allí en busca de independencia y excitación y no hallaron más que soledad y aburrimiento. Intenté reproducir de la manera más fiel posible la última conversación de la mujer de Andreas con su marido, tratando de consolar a madame Guimet sin darle a entender que hablaba de ella misma con todos los consejos que me daba.

—Todo en este mundo tiene dos lados. Los que fueron abandonados por ese dios cruel llamado amor se sienten culpables porque miran al pasado y se preguntan por qué han hecho tantos planes para el futuro. Pero, si rebuscasen más lejos en sus recuerdos, recordarían el día en que aquella semilla fue plantada y cómo la abonaron y la dejaron crecer hasta que se convirtió en un árbol imposible de arrancar.

Mi mano tocó instintivamente la bolsa en la que estaban las semillas que mi madre me había dado antes de morir. Siempre las llevaba conmigo.

—Cuando una mujer o un hombre son abandonados por la persona que aman, se concentran en su propio dolor. Nadie se pregunta lo que estará pasando el otro. ¿Sufrirá también porque decidió quedarse con su familia por el qué dirán, olvidando su propio corazón? Deben de acostarse todas las noches en su cama sin poder dormir bien, confusos y perdidos, llegando a pensar, a veces, que tomaron la decisión equivocada. En otras ocasiones pensarán que tenían que proteger a su familia y a sus hijos. Pero el tiempo no está de su lado; cuanto más distante queda el momento de la separación, más se purifican los recuerdos de los momentos difíciles y se convierten en la simple añoranza de aquel paraíso perdido.

»Ya no puede ayudarse a sí mismo. Se volverá una persona distante, ocupado durante los días de diario, y, los sábados y domingos, lanzando bolas en el Champ de Mars con sus amigos, mientras su hijo se contenta con un helado y su mujer contempla con la mirada perdida los vestidos elegantes que desfilan delante de ella. No habrá viento lo suficientemente fuerte para hacer que el barco cambie de dirección; permanece en el puerto arriesgándose sólo en aguas paradas. Todos sufren: los que se fueron, los que se quedaron, las familias y los hijos. Pero nadie puede hacer nada más.

Madame Guimet mantuvo los ojos fijos en el césped recién plantado en el centro del jardín. Fingía que se limitaba a «tolerar» mis palabras, pero sabía que yo había tocado su herida y volvía a sangrar. Pasado algún tiempo, se levantó y sugirió que volviésemos; sus criados ya debían de estar preparando la cena. Un artista que se estaba haciendo famoso e importante quería visitar el museo con sus amigos y, para terminar la noche, iban a ir hasta su galería, donde quería enseñarles algunos cuadros.

—Desde luego, su intención es tratar de venderme algo. Y mi intención es conocer a gente diferente, salir de un mundo que ya conozco bastante y que empieza a resultarme aburrido.

Caminamos sin prisa. Antes de atravesar de nuevo el puente, hacia el Trocadero, me preguntó si me gustaría unirme a ellos. Le dije que sí, pero que había dejado mi vestido de noche en el hotel y tal vez no era adecuado para la ocasión.

En verdad, no tenía ningún vestido de noche que se acercara ni en elegancia ni en belleza a aquellos vestidos «para pasear por el parque» que usaban las mujeres con las que nos cruzábamos. El «hotel» era una metáfora para la pensión en la que vivía desde hacía dos meses, la única que me permitía llevar a mis «invitados» a la habitación.

Pero las mujeres se entienden sin decir palabra.

—Puedo prestarle un vestido para esta noche, si quiere. Tengo mucho más de lo que puedo usar.

Acepté con una sonrisa y nos dirigimos a su casa.

Cuando no sabemos dónde nos lleva la vida, no estamos perdidos.

—Éste es Pablo Picasso, el artista del que le hablé —y que, desde el momento en que nos presentaron, él se olvidó del resto de los invitados y trataba de charlar conmigo todo el tiempo. Alabó mi belleza, me pidió que posase para él, me dijo que tenía que acompañarlo a Málaga, aunque sólo fuese a pasar una semana lejos de aquella locura que era París. Su objetivo era uno, y no tenía que decirme cuál: llevarme a la cama.

Me sentía terriblemente incómoda con aquel hombre feo, maleducado, de ojos saltones y que se creía el más grande entre los grandes. Sus amigos eran mucho más interesantes, incluso un italiano, Amedeo Modigliani, que daba la impresión de ser más noble, más elegante y que, en ningún momento, intentó forzar la conversación. Cada vez que Pablo acababa sus interminables e incomprensibles disertaciones sobre las revoluciones que se daban en el arte, yo me dirigía hacia Modigliani, y eso parecía enfurecer al español.

—¿A qué se dedica? —quiso saber Amedeo.

Le expliqué que me dedicaba a la danza sagrada de las tribus de Java. Pareció no entender nada, pero, educadamente, empezó a hablar de la importancia de los ojos en la danza. Estaba fascinado con los ojos; cuando iba al teatro, prestaba poca atención a los movimientos del cuerpo y se concentraba en lo que los ojos querían decir.

—Espero que sea así en las danzas sagradas de Java, porque no conozco nada sobre ellas. Sólo sé que en Oriente son capaces de mantener el cuerpo completamente inmóvil y concentrar en los ojos toda la fuerza de lo que quieren decir.

Como no sabía qué contestar a eso, me limitaba a mover la cabeza con un gesto enigmático que podía parecer sí o no, dependiendo de cómo él lo interpretara. Picasso interrumpía la conversación con sus teorías a cada instante, pero el elegante y educado Amedeo sabía esperar el momento de volver al tema.

—¿Puedo darle un consejo? —preguntó cuando la cena ya se acercaba al final y nos disponíamos a ir al estudio del español.

Asentí con la cabeza.

—Debe averiguar lo que quiere y tratar de ir más allá de aquello que espera de sí misma. Mejore su danza, entrene mucho y póngase una meta muy alta, difícil de alcanzar. Porque ésa es la misión del artista: ir más allá de sus límites. Un artista que desea poco y lo consigue falla en la vida.

El estudio del español no quedaba muy lejos y fuimos todos a pie. Allí vi cosas que me impresionaron y otras que simplemente detesté. Pero ¿no es ésa la condición humana? ¿Ir de un extremo a otro sin pasar por el medio? Para provocarlo, me paré delante de una de sus pinturas y le pregunté por qué insistía en complicar las cosas.

—Tardé cuatro años en aprender a pintar como un maestro del Renacimiento y toda mi vida para volver a dibujar como un niño. Ése es el verdadero secreto: el dibujo del niño. Lo que ve puede parecer infantil, pero es lo más importante del arte.

La respuesta me pareció brillante, pero ya no podía retroceder en el tiempo y que me gustase. Para entonces, Modigliani ya se había ido, madame Guimet presentaba visibles señales de cansancio, aunque mantenía el tipo, y Picasso parecía enfadado por los celos de su novia, Fernande.

Dije que ya era demasiado tarde para todos y cada uno se fue por su camino. Nunca más volví a ver a Amedeo ni a Pablo. Lo único que supe fue que Fernande decidió abandonarlo, pero no me dijeron la razón concreta. Volví a verla otra vez, algunos años después, cuando trabajaba como vendedora en una tienda de antigüedades. No me reconoció, yo fingí que no la reconocía, y también desapareció de mi vida.

Hoy, al recordar los años siguientes, que fueron pocos y me parecen interminables, levanté la vista hacia el sol y olvidé las tempestades. Me deslumbró la belleza de las rosas y no me fijé en las espinas. El abogado que me defendió en el tribunal, sin demasiada convicción, fue uno de mis muchos amantes. Así pues, señor Édouard Clunet, puede usted arrancar esta página del cuaderno y tirarla, en el caso de que las cosas salgan tal y como las planeó y yo acabe frente a un pelotón de fusilamiento. Lamentablemente, no tengo a nadie más a quien confiarle esto. Todos sabemos que no voy a morir por esa absurda acusación de espionaje, sino porque decidí ser lo que siempre soñé y el precio de un sueño siempre es alto.

El estriptis ya existía, y estaba permitido por ley desde finales del siglo pasado, pero siempre se ha considerado una mera exposición de carne humana. Convertí aquel espectáculo grotesco en arte. Cuando volvieron a prohibirlo, pude continuar con mis espectáculos porque seguían estando dentro de la ley, ya que distaban mucho de la vulgaridad de otras mujeres que se desnudaban en público. Entre aquellos que frecuentaron mis espectáculos había compositores como Puccini y Massenet, embajadores como Von Klunt y Antonio Gouvea, magnates como el barón de Rothschild y Gaston Menier. Me cuesta creer que en el momento en el que escribo estas líneas no estén haciendo algo para conseguir mi libertad. Al fin y al cabo, ¿no ha regresado el capitán Dreyfus, injustamente acusado, de la isla del Diablo?

Muchos alegarán: «¡Era inocente!». Sí, pero yo también lo soy. No hay ni una sola prueba contra mí, sólo todo aquello de lo que yo me jactaba para darme importancia cuando decidí abandonar la danza, a pesar de ser una excelente bailarina. De no ser así, no me habría representado el agente más importante del momento, mister Astruc, que también patrocinaba a los grandes talentos rusos.

Astruc casi consiguió que yo actuase con Nijinsky en la Scala de Milán. Pero el agente y amante del bailarín me consideraba una persona difícil, temperamental e insoportable y, con una sonrisa en los labios, hizo todo lo posible para evitarlo. Me vi obligada a mostrar mi arte sola, sin ningún apoyo de la prensa italiana ni de los directores del teatro. Debido a eso, parte de mi alma murió. Sabía que estaba envejeciendo y que, pronto, tanto mi flexibilidad como mi agilidad dejarían de ser las mismas; además, los periódicos serios, que tanto me elogiaban al principio, ahora se volvían contra mí.

¿Y las imitadoras? Por todas partes aparecían carteles que anunciaban cosas como «la sucesora de Mata Hari». Lo único que hacían era menearse de manera grotesca y quitarse la ropa sin arte y sin gracia.

No puedo quejarme de Astruc, aunque en este momento lo último que deseo es ver su nombre asociado al mío. Apareció unos días después de la serie de actuaciones benéficas para recaudar fondos y ayudar a los soldados rusos heridos. Sinceramente, me costaba creer que todo aquel dinero, conseguido con la venta de entradas a precio de oro, fuese a parar a los campos de batalla del Pacífico, donde los japoneses les estaban dando una paliza a los hombres del zar. En cualquier caso, fueron mis primeras actuaciones después del Museo Guimet, y todos estábamos satisfechos con el resultado: a mí me daba la posibilidad de hacer que más gente conociese mi trabajo, madame Kireyevsky se llenaba la cartera y me entregaba parte del dinero, los aristócratas creían que colaboraban en una buena causa, y todos, absolutamente todos, tenían la oportunidad de ver desnuda a una mujer hermosa sin provocar ningún tipo de escándalo.

Astruc me ayudó a encontrar un hotel digno, acorde con la fama que estaba adquiriendo, y consiguió contratos por todo París. Logró que actuase en la casa de espectáculos más importante de la época, el Olympia. Hijo de un rabino belga, Astruc era capaz de apostarlo todo por personas totalmente desconocidas, que hoy son iconos de la época, como Caruso y Rubinstein. Me ayudó a conocer el mundo en el momento justo. Gracias a él cambié por completo la manera de comportarme, empecé a tener más dinero del que nunca soñé, actué en las principales casas de espectáculos de la ciudad y pude, por fin, darme el lujo de lo que más me gustaba en el mundo: la moda.

No sé cuánto gasté, porque Astruc me decía que era de mal gusto preguntar el precio:

—Escoge, manda que te lo lleven al hotel donde vives y yo me encargo del resto.

Ahora, a medida que escribo estas líneas, me pregunto a mí misma: ¿se quedaba con parte del dinero?

Pero no puedo seguir así. No puedo alimentar esa amargura en mi corazón, porque si salgo de aquí, y espero que así sea, porque me niego a creer que todo el mundo me abandone, contaré ya con cuarenta y un años y quiero tener derecho a ser feliz. He ganado mucho peso y es difícil que pueda volver a bailar, pero hay otras muchas cosas en el mundo.

Prefiero pensar en Astruc como alguien que fue capaz de arriesgar toda su fortuna construyendo un teatro e inaugurándolo con *La consagración de la primavera*, obra de un compositor ruso totalmente desconocido, cuyo nombre no recuerdo, con la actuación estelar del idiota de Nijinsky, que imitó la escena de la masturbación de la primera actuación que hice en París.

Prefiero recordar a Astruc como alguien que, una vez, me invitó a ir en tren hasta Normandía, porque la víspera habíamos estado charlando de la nostalgia que sentíamos por el mar. Ya hacía casi cinco años que trabajábamos juntos.

Nos sentamos en la playa, casi sin hablar; al rato saqué un recorte de periódico del bolso y se lo di para que lo leyese.

«La decadente Mata Hari: mucho exhibicionismo y poco talento», decía el titular del artículo.

—Lo han publicado hoy —señaló.

Mientras él lo leía, me levanté, me acerqué a la orilla y cogí unas piedras.

—Al contrario de lo que piensas, estoy harta. Me he alejado de mis sueños y no soy, ni por asomo, la persona que quería ser.

—¿Cómo? —dijo Astruc, sorprendido—. ¡Sólo represento a los mejores, y tú eres una de ellos! ¿Cómo es posible que te afecte así la simple crítica de alguien al que no se le ocurre nada mejor que escribir?

—No es eso. Es lo primero que leo sobre mí en mucho tiempo. Mis actuaciones en los teatros son escasas y apenas hablan de mí en la prensa. La gente me ve como una prostituta que se desnuda en público y lo vende como si fuera arte.

Astruc se levantó y se acercó. También cogió algunas piedras del suelo y lanzó una al agua, bastante lejos de la orilla.

—Yo no represento a prostitutas, porque acabaría con mi carrera. Es cierto que he tenido que explicarle a alguno de mis representados por qué hay un cartel de Mata Hari en mi oficina. ¿Sabes lo que le dije? Que lo que tú haces es reproducir un mito de Sumeria, según el cual la diosa Inanna viaja al mundo prohibido. Tiene que atravesar siete puertas; en cada una de ellas hay un guardián y, para pagar la entrada, se va quitando poco a poco la ropa. Un gran escritor inglés, que tuvo que exiliarse en París y murió solo y en la miseria, escribió una obra de teatro que algún día será un clásico. Cuenta la historia de cómo Herodes consiguió la cabeza de Juan Bautista.

—*¡Salomé!* ¿Dónde está esa obra?

Mi ánimo empezaba a cambiar.

—No tengo los derechos. Y ya no puedo reunirme con su autor, Oscar Wilde, a no ser que vaya al cementerio e invoque su espíritu. Demasiado tarde.

De nuevo volvieron la frustración, la miseria, la idea de que pronto sería vieja, fea y pobre. Ya pasaba de los treinta, una edad crucial. Cogí una piedra y la lancé con más fuerza que Astruc.

—Piedra, aléjate y llévate mi pasado contigo. Todas mis vergüenzas, toda mi culpa y los errores que he cometido.

Astruc lanzó su piedra y me explicó que no había cometido ningún error. Ejercí mi poder de elección. No le hice caso y lancé otra piedra.

—Y ésta es por el abuso que han sufrido mi cuerpo y mi alma. Desde mi primera y terrible experiencia sexual hasta ahora, que me acuesto con hombres ricos y les hago cosas que luego me hacen llorar sin consuelo. Todo por influencia, dinero, vestidos, cosas que se hacen viejas.

Vivo atormentada por las pesadillas que yo misma he creado.

—Pero ¿no eres feliz? —me preguntó Astruc, cada vez más sorprendido. Menos mal que queríamos pasar una tarde agradable en la playa.

Yo no paraba de lanzar piedras, cada vez con más furia y cada vez más sorprendida conmigo misma. El mañana ya no parecía el mañana y el presente ya no era el presente, sino un pozo que iba cavando con cada paso que daba. A nuestro alrededor la gente paseaba, los niños jugaban, las gaviotas hacían movimientos extraños en el cielo y las olas eran más lentas de lo que yo pensaba.

—Ésta es porque sueño con que me acepten y me respeten, aunque no le debo nada a nadie. ¿Por qué? Perder el tiempo con preocupaciones, arrepentimientos, oscuridad, esa oscuridad que me esclaviza y me encadena a una roca de donde no puedo escapar y donde sirvo de alimento a las aves carroñeras...

No era capaz de llorar. Las piedras desaparecían bajo el agua, cayendo tal vez unas al lado de las otras y reconstruyendo a Margaretha Zelle bajo la superficie. Pero yo no quería volver a ser ella, la que miró a los ojos de la mujer de Andreas y lo entendió todo. La que me dijo, no con estas palabras exactamente, que nuestras vidas están planeadas hasta el más mínimo detalle: nacer, estudiar, ir a la universidad en busca de un marido, casarse, aunque sea con el peor hombre del mundo, para que los demás no digan que nadie nos quiere, tener hijos, envejecer, permanecer el resto de los días sentada en una silla mirando a la gente pasar, fingiendo que lo sabemos todo de la vida pero sin poder callar la voz de nuestro corazón, que dice: «Podrías intentar algo más».

Una gaviota voló hacia nosotros, dio un grito estridente y se alejó. Se acercó tanto que Astruc se cubrió los ojos con el brazo para protegerlos. Aquel grito me hizo regresar a la realidad; volví a ser una mujer famosa, segura de su belleza.

—Quiero dejarlo. No quiero seguir con esta vida. ¿Cuánto tiempo me queda como actriz y bailarina?

Él fue honesto en su respuesta:

—Tal vez unos cinco años más.

—Entonces lo dejamos aquí.

Astruc me cogió la mano.

—¡No podemos! Tenemos contratos que cumplir o me multarán. Además, tienes que ganarte la vida. ¿O quieres acabar tus días en aquella pensión inmunda donde te encontré?

—Cumpliremos los contratos. Te has portado bien conmigo y no voy a dejar que pagues por mis delirios de grandeza, o de bajeza. Pero no te preocupes: sé cómo seguir ganándome la vida.

Y, sin pensarlo mucho, empecé a contarle mi historia, algo que hasta entonces me había guardado sólo para mí, porque todo era una mentira tras otra. A medida que hablaba, me caían las lágrimas. Astruc me preguntó si estaba bien, pero yo seguí hablando y ya no dijo nada más, se limitó a escucharme en silencio.

Creí que estaba cayendo en un pozo negro, aceptando por fin que no era nada de lo que yo pensaba, pero de repente noté que a medida que afrontaba mis heridas y mis cicatrices me sentía más fuerte. Las lágrimas tenían voz propia y no brotaban de mis ojos, sino de la más profunda y oscura parte de mi corazón, contándome una historia que ni yo misma conocía bien. Allí estaba yo, en una barca que navegaba en la oscuridad, pero a lo lejos, en el horizonte, podía ver la luz de un faro que me conduciría a tierra firme si el mar revuelto lo permitía, si no era ya demasiado tarde.

No lo había hecho nunca antes. Pensaba que, si hablaba de mis heridas, se harían aún más reales y, sin embargo, pasaba justo lo contrario: cicatrizaban con mis lágrimas.

A veces golpeaba las piedras de la playa y mis manos sangraban, pero ni siquiera sentía el dolor porque me estaba curando. Entendí por qué los católicos se confesaban, incluso sabiendo que los curas cometían pecados iguales o peores que los suyos. No importaba quién era el que escuchaba; lo importante era dejar la herida al aire para que el sol la purificase y el agua de la lluvia la lavase. Eso era lo que estaba haciendo con un hombre con el que no tenía intimidad. Ésa era la verdadera razón por la que podía hablar tan libremente.

Después de mucho tiempo, cuando dejé de llorar y el ruido de las olas me calmó, Astruc me cogió amablemente del brazo, dijo que faltaba poco para el último tren a París y que era mejor darse prisa. Por el camino me contó todas las novedades del mundillo artístico, quién dormía con quién y a quién habían echado de determinado sitio.

Yo me reía y le pedía que me contase más cosas. Realmente era un hombre sabio y elegante; sabía que aquel asunto se había deslizado de mis ojos a través de las lágrimas, enterrándose en la arena, donde debía permanecer hasta el fin de los tiempos.

—Vivimos el mejor momento de nuestra historia. ¿Cuándo llegaste?

—Cuando estaban con la Exposición Universal. París era otro, más provinciano, aunque yo creía que estaba en el centro del mundo.

El sol de la tarde entraba por la ventana de la lujosa habitación del hotel Élysée. Estábamos rodeados de lo mejor que Francia tenía: champán, absenta, chocolate, queso y olor a flores recién cortadas. Fuera se veía la gran torre, que, para entonces, recibía el nombre de su constructor, Eiffel.

Él también dirigió la mirada hacia la enorme estructura de hierro.

—No la construyeron con la idea de dejarla ahí al acabar la exposición. Espero que sigan adelante con el plan de desmontar de una vez ese monstruo.

Podía llevarle la contraria simplemente para que me diese más argumentos y, al final, darle la razón. Pero me quedé callada mientras él hablaba de la *Belle époque* que vivía el país. La producción industrial se había triplicado; para la agricultura había máquinas capaces de hacer, ellas solas, el trabajo de diez hombres; las tiendas estaban llenas y la moda había cambiado totalmente, lo cual me encantaba, ya que tenía la disculpa perfecta para ir de tiendas y renovar mi armario al menos dos veces al año.

—¿Te has fijado en que incluso la comida sabe mejor?

Sí que me había fijado, pero eso ya no me agradaba tanto porque estaba empezando a engordar.

—El presidente de la República me ha dicho que el número de bicicletas ha pasado de trescientas setenta y cinco mil, a finales de siglo, a más de tres millones en la actualidad. Las casas tienen agua corriente, gas, la gente puede irse lejos de vacaciones. El consumo de café se ha cuadruplicado y se puede comprar pan sin tener que guardar cola en las panaderías.

¿Por qué me estaba soltando toda esa perorata? Era el momento de bostezar y volver al papel de «mujer ignorante».

El exministro de Guerra, actual diputado de la Asamblea Nacional, Adolphe Messimy, se levantó de su cama y se vistió, con todas sus medallas y condecoraciones. Aquel día tenía una reunión con su antiguo batallón y no podía ir vestido como un simple civil.

—Aunque detestemos a los ingleses, al menos tienen razón en una cosa: cuando se ponen sus horribles uniformes marrones para ir a la guerra, resultan más discretos. Nosotros, sin embargo, estamos convencidos de que hay que morir con elegancia, con estos pantalones y quepis rojos, que llaman al enemigo: «Eh, apuntad vuestros rifles y cañones hacia aquí, ¿o es que no nos veis?».

Se rio de su propio chiste. Yo también me reí para agradarlo y empecé a vestirme. Hacía tiempo que había perdido la ilusión de ser amada por lo que era, y aceptaba sin el menor problema flores, halagos y dinero que alimentaban mi ego y mi falsa identidad. Estaba segura de que me iba a morir sin haber conocido el amor, pero ¿qué importaba? Para mí, amor y poder eran lo mismo.

Sin embargo, no era tan tonta como para dejar que los demás lo notasen. Me acerqué a Messimy y le di un sonoro beso en la cara, medio cubierta por unos bigotes parecidos a los de mi desgraciado marido.

Dejó un sobre lleno de billetes de mil francos encima de la mesa.

—No me malinterpretes, mademoiselle. Estaba hablando del progreso de este país, y creo que es hora de favorecer el consumo. Soy un oficial que gano mucho y gasto poco. Tengo que colaborar estimulando el consumo.

Volvió a reírse de su propio chiste porque creía, sinceramente, que yo estaba enamorada de él por todas sus medallas y por su estrecha relación con el presidente de la República, al que mencionaba cada vez que nos veíamos.

Si notaba que todo era falso, que el amor para mí no obedecía a ninguna regla, tal vez me dejaría y me castigaría. No sólo venía por el sexo, sino para sentirse querido, como si la pasión de una mujer le diese realmente la sensación de que era capaz de cualquier cosa.

Sí, amor y poder eran lo mismo, y no sólo para mí.

Salió y yo acabé de vestirme sin prisa. Mi próxima cita era fuera de París, por la noche. Pasaría por el hotel, me pondría mi mejor vestido y me dirigiría a Neuilly, donde mi amante más fiel había comprado una villa a mi nombre. Pensé en pedirle también un coche con chófer, pero creí que desconfiaría.

Estaba claro que podía ser más, digamos, exigente. Estaba casado, era un banquero de gran reputación, y cualquier cosa que yo insinuara en público sería un festín para los periódicos, a los que para entonces sólo les interesaban mis «célebres amantes» y habían olvidado por completo todo el trabajo que había hecho con tanto esfuerzo.

Durante el juicio, supe que alguien en recepción fingía leer un periódico pero, en realidad, vigilaba cada uno de mis movimientos. En cuanto salí, se levantó y me siguió discretamente.

Paseé por los bulevares de la ciudad más bella del mundo, vi los cafés llenos, la gente cada vez mejor vestida yendo de un lado a otro, oí música de violines que salía por las puertas y las ventanas de los lugares más sofisticados y pensé que, después de todo, la vida se había portado bien conmigo. No necesitaba chantajear a nadie, sólo tenía que administrar bien los dones recibidos y tendría una vejez tranquila. Además, aunque sólo hablase de uno de los hombres con los que había estado, todos los demás evitarían inmediatamente mi compañía, por miedo a ser chantajeados también y verse expuestos.

El plan era ir al castillo que mi amigo banquero había mandado construir para «su vejez» —¡pobre!, ya era viejo, pero no quería admitirlo—, quedarme allí dos o tres días practicando equitación y volver el domingo a París, para dirigirme directamente al hipódromo de Longchamp y tener la oportunidad de demostrarles a todos los que me envidiaban y a los que me admiraban que yo era una excelente amazona.

Pero, antes de que cayese la noche, ¿por qué no tomarme una buena manzanilla? Me senté en la terraza de un café. La gente me miraba porque mi cara y mi cuerpo aparecían en varias tarjetas postales diseminadas por toda la ciudad. Fingí que vivía en un mundo de ensueño, como si tuviese muchas cosas que hacer.

Antes de llegar a pedir algo, un hombre se acercó y elogió mi belleza. Reaccioné con el acostumbrado aire de aburrimiento, se lo agradecí con una sonrisa formal y seguí a lo mío. Pero él no se movió.

—Una buena taza de café la ayudará a llevar mejor el resto del día.

Yo no contesté. Llamó al camarero para que me atendiera.

—Una manzanilla, por favor —pedí.

El francés del hombre era cargado, con un acento que podría ser de Holanda o de Alemania. Sonrió y tocó el ala de su sombrero como si se marchase, pero, en realidad, me estaba adulando. Me preguntó si me importaba que se sentara un momento. Le contesté que sí, que prefería estar sola.

—Una mujer como Mata Hari nunca está sola —dijo él.

El hecho de haberme reconocido tocó una tecla que normalmente es aguda en cualquier ser humano: la vanidad. Aun así, no lo invité a sentarse.

—Puede que busque algo que todavía no ha encontrado —continuó.

»Porque, además de ser reconocida como la mejor vestida de toda la ciudad, tal como leí en una revista hace poco, ya no queda mucho que conquistar, ¿verdad? De repente, la vida es totalmente aburrida.

Al parecer, era un fan empedernido; ¿cómo podía saber cosas que sólo se publicaban en revistas femeninas? ¿Tenía que darle, o no, una oportunidad? Además, todavía era temprano para ir a Neuilly y cenar con el banquero.

—¿Encuentra realmente cosas nuevas? —insistió.

—Desde luego. Me renuevo en todo momento. Eso es realmente lo interesante de la vida.

No me lo volvió a pedir, simplemente arrastró una silla y se sentó a mi mesa. Cuando el camarero trajo la infusión, pidió una gran taza de café, con un gesto que indicaba «pago yo».

—Francia se dirige hacia una crisis —continuó—. Y va a ser muy difícil salir de ella.

Esa misma tarde yo había oído exactamente lo contrario. Pero parece ser que todos los hombres tienen alguna opinión respecto a la economía, un tema que no me interesaba en absoluto.

Decidí seguirle el juego durante un rato. Repetí como un loro todo lo que Messimy me había dicho respecto a lo que él denominaba «la *Belle époque*». No se sorprendió.

—No me refiero únicamente a la crisis económica; me refiero a las crisis personales, a la falta de valores. ¿Cree que la gente se ha acostumbrado a la posibilidad de hablar a distancia, con ese invento que los americanos trajeron a la exposición de París y que ha invadido Europa?

»Durante millones de años, el hombre siempre habló con aquello que podía ver. De repente, en menos de una década, los conceptos de "ver" y "hablar" van por separado. Pensamos que nos hemos acostumbrado y no nos damos cuenta del enorme impacto causado en nuestros reflejos. Nuestro cuerpo aún no se ha adaptado.

»El resultado práctico es que, al hablar por teléfono, entramos en una especie de trance muy similar al trance mágico; descubrimos otras cosas respecto a nosotros mismos.

El camarero volvió con la cuenta. El hombre dejó de hablar hasta que se alejó de nuevo.

—Me figuro que estará usted cansada de ver, en cada esquina, bailarinas vulgares de estriptis que dicen ser las sucesoras de la gran Mata Hari. Pero la vida es así, nadie aprende. Los filósofos griegos...

»¿La estoy aburriendo, mademoiselle?

Negué con la cabeza, y él continuó.

—Dejemos a los filósofos griegos a un lado. Lo que decían hace miles de años sigue siendo válido para hoy. No hay nada nuevo. En realidad, me gustaría hacerle una propuesta.

«Otro», pensé yo.

—Como aquí ya no la tratan con el respeto que se merece, ¿no le gustaría actuar en un lugar donde se la conoce como la mejor bailarina de este siglo? Me refiero a Berlín, mi ciudad.

Era una propuesta tentadora.

—Puedo ponerlo en contacto con mi agente...

Pero el recién llegado me cortó tajantemente:

—Prefiero tratar directamente con usted.

Su agente es de una raza a la que no apreciamos mucho ni los franceses ni los alemanes.

Resultaba raro eso de rechazar a alguien por su religión. Lo veía con los judíos, pero antes, estando en Java, supe de algunas masacres llevadas a cabo por el ejército por el simple hecho de adorar a un dios sin rostro y tener un libro sagrado que, según decían, un ángel le había dictado a un profeta, cuyo nombre tampoco recordaba. Una vez alguien me había dado un ejemplar de aquel libro llamado Corán, pero sólo para poder apreciar la caligrafía árabe. Aun así, cuando mi marido llegó a casa, cogió el regalo y mandó quemarlo.

—Mis socios y yo pagaremos un buen pellizco —alegó revelando una interesante suma de dinero.

Le pregunté cuánto sería aquello en francos y la respuesta me pareció escandalosa. Me apetecía decirle que sí de inmediato, pero una dama con clase no actúa impulsivamente.

—Allí recibirá el reconocimiento que se merece. La ciudad de París siempre es injusta con sus hijos, sobre todo cuando dejan de ser novedad.

Él no sabía que me estaba ofendiendo, porque era eso exactamente lo que pensaba mientras caminaba. Recordé el día en la playa con Astruc, que ya no podría participar en el trato. Sin embargo, no podía hacer nada y asustar a la presa.

—Lo pensaré —respondí con sequedad.

Me dijo dónde se alojaba y que esperaría mi respuesta hasta el día siguiente, después nos despedimos. Al salir de allí, me fui directamente a la oficina de Astruc. Confieso que ver todos aquellos carteles de gente que empezaba a ser famosa me produjo una inmensa tristeza. Pero no podía retroceder en el tiempo.

Me recibió con la cortesía de siempre, como si yo fuese su artista más importante. Le conté la conversación y le dije que, en cualquier caso, le daría su comisión.

—Pero ¿ahora? —fue lo único que dijo.

No entendí bien a qué se refería. Me pareció un poco grosero.

—Sí, ahora. Aún me queda mucho, muchísimo que hacer sobre los escenarios.

Asintió con la cabeza, me deseó felicidad y dijo que no quería su comisión, sugiriendo que tal vez debería empezar a ahorrar dinero y dejar de gastar tanto en modelitos.

Me pareció bien y me fui. Pensé que aún estaba afectado por el fracaso de la inauguración de su teatro. Debía de estar al borde de la ruina. También es verdad que estrenar algo como *La consagración de la primavera* y darle a un copión como Nijinsky el papel principal era como tirar piedras contra su propio tejado.

Al día siguiente, me puse en contacto con el extranjero y le dije que aceptaba la propuesta, pero no sin antes exigir una serie de condiciones que me parecían de lo más absurdas y a las que estaba dispuesta a renunciar. Sorprendentemente, se limitó a decir que eran extravagancias pero que las aceptaba todas, porque los verdaderos artistas son así.

¿Quién era la Mata Hari que se subió a un tren un día lluvioso en una de las muchas estaciones de la ciudad sin saber cuál era el siguiente paso que le reservaba el destino, con la seguridad de que iba a un país cuya lengua era parecida a la suya y pensando que nunca se sentiría perdida?

¿Qué edad tenía? ¿Veinte? ¿Veintiún años? No podía tener más de veintidós, aunque mi pasaporte decía que había nacido el día 7 de agosto de 1876 y, mientras el tren se dirigía hacia Berlín, el periódico tenía fecha de 11 de julio de 1914. Sin embargo, no me apetecía calcular. Me preocupaba más lo sucedido quince días antes, el cruel atentado en Sarajevo en el que habían perdido la vida el archiduque Francisco Fernando y su elegante mujer, cuya única culpa fue estar a su lado cuando un loco anarquista disparó.

En cualquier caso, me sentía completamente diferente de las demás mujeres que iban en aquel vagón. Era el pájaro exótico que atravesaba una tierra devastada por la pobreza de espíritu de todos. Era el cisne entre los patos que se negaban a crecer por temor a lo desconocido. Miraba a las parejas que me rodeaban y me sentía absolutamente desprotegida; tantos hombres con los que había estado, y allí estaba yo, sola, sin nadie que me cogiese de la mano. Es verdad que rechacé muchas propuestas de matrimonio; ya lo había probado y no quería volver a repetir; sufrir por alguien que no lo merece y vender mi cuerpo por mucho menos, por la supuesta seguridad de un hogar.

El hombre que iba a mi lado, Franz Olav, miraba por la ventana y parecía preocupado. Le pregunté por qué, pero no me contestó; ahora que estaba bajo su control, ya no tenía que contestar. Todo lo que yo debía hacer era bailar y bailar, aunque ya no fuese tan flexible como antes. Sin embargo, con algo de entrenamiento y gracias a mi pasión por los caballos, seguramente estaría a punto para el estreno. Francia ya no me interesaba; sacaron lo mejor de mí y me dejaron a un lado, dándoles preferencia a los artistas rusos, posiblemente nacidos en otros lugares como Portugal, Noruega, España, repitiendo el mismo truco que yo utilicé cuando llegué al país. Enséñales algo exótico que hayas aprendido en tu tierra y los franceses, siempre ávidos de novedades, muy probablemente te creerán.

Por muy poco tiempo, pero te creerán.

A medida que el tren se adentraba en Alemania, se veían soldados caminando hacia la frontera occidental. Eran batallones y más batallones, carros de combate, ametralladoras enormes y cañones tirados por caballos.

Traté de sacar un tema de conversación:

—¿Qué ocurre?

Pero sólo recibí una respuesta enigmática:

—Sea lo que sea, espero que podamos contar con su ayuda. Los artistas son muy importantes en estos momentos.

No era posible que se refiriese a la guerra porque no se había publicado nada al respecto, y los periódicos franceses seguían haciéndose eco de los cotilleos o quejándose de que determinado cocinero acababa de perder una condecoración del gobierno. A pesar de que ambos países se odiasen, eso era normal.

Cuando un país se convierte en el más importante del mundo, siempre hay un precio que pagar. Inglaterra tenía su imperio, en el que el sol nunca se pone, pero pregúntele a cualquiera si prefiere conocer Londres o París; sin la menor duda, la respuesta será la ciudad cruzada por el río Sena, con sus catedrales, sus *boutiques*, sus teatros, sus pintores, sus músicos y, para los más osados, sus cabarets, famosos en todo el mundo, como el Folies Bergère, el Moulin Rouge, el Lido.

Sólo había que preguntar qué era más importante: una torre con un aburrido reloj, un rey que nunca aparece en público o una estructura de acero gigante, la torre vertical más alta del mundo, que empezaba a ser conocida en toda Europa por el nombre de su creador, la torre Eiffel. El monumental Arco del Triunfo, la avenida de los Champs Élysées, donde uno podía adquirir todo lo que el dinero puede comprar.

Inglaterra, con todo su enorme poder, también odiaba a Francia, pero no por ello estaba preparando sus barcos de guerra.

Pero a medida que el tren cruzaba el suelo alemán, tropas y más tropas se dirigían hacia el oeste. Volví a insistirle a Franz, y de nuevo recibí la misma respuesta enigmática.

—Estoy dispuesta a ayudar —dije.

»Pero ¿cómo puedo hacerlo si no sé lo que pasa?

Por primera vez despegó la cabeza de la ventana y me miró.

—Yo tampoco lo sé. Me contrataron para llevarla a Berlín, hacerla bailar para nuestra aristocracia y, algún día, no sé la fecha exacta, para el Ministerio de Asuntos Exteriores. Fue un admirador el que me dio dinero para contratarla, a pesar de ser una de las más extravagantes artistas que he conocido. Espero que me paguen esta inversión.

Antes de cerrar este capítulo de mi historia, estimado y detestado señor Clunet, me gustaría hablar un poco más de mí misma, porque para eso me puse a escribir estas páginas, que se han convertido en un diario que, en muchas de sus partes, puede verse traicionado por mi memoria.

¿De verdad cree usted, de todo corazón, que, si tuviesen que elegir a alguien para espiar para Alemania, Francia o incluso para Rusia, iban a elegir a alguien que estaba constantemente vigilada por el público? ¿No le parece algo muy, pero que muy ridículo?

Cuando cogí aquel tren hacia Berlín, pensé que dejaba atrás mi pasado. Cada kilómetro recorrido me iba alejando de todo lo vivido, incluso de los buenos recuerdos, del descubrimiento de lo que era capaz de hacer sobre los escenarios y fuera de ellos, de los momentos en los que cada calle y cada fiesta en París era una gran novedad para mí. Ahora entiendo que no puedo huir de mí misma. En 1914, en lugar de volver a Holanda, habría sido fácil conocer a alguien que se hiciera cargo de lo que quedaba de mi alma, cambiar una vez más de nombre, marcharme a alguno de los muchos lugares del mundo en los que mi cara no era conocida y volver a empezar.

Pero eso significaba vivir el resto de mi vida dividida en dos: la que pudo ser cualquier cosa y la que nunca fue nada, sin una historia que contarles a sus hijos y a sus nietos. A pesar de que ahora mismo estoy prisionera, mi espíritu sigue libre. Mientras todos luchan para ver quién es el que sobrevive en medio de tanta sangre, en una batalla que nunca se acaba, yo ya no tengo que luchar, sólo esperar a que gente que no conozco decida qué soy. Si me declaran culpable, algún día la verdad saldrá a la luz, y un manto de vergüenza se extenderá sobre sus cabezas, las de sus hijos, sus nietos, su país.

Sinceramente, creo que el presidente es un hombre de honor.

Que mis amigos, siempre dóciles y dispuestos a ayudarme cuando lo tenía todo, sigan a mi lado ahora que ya no tengo nada. Acaba de amanecer, oigo a los pájaros y el ruido de la cocina allá abajo. Las demás prisioneras duermen, algunas con miedo, otras resignadas ante su propia suerte. Dormí hasta que salió el primer rayo de sol, y ese rayo de sol me dio esperanza de justicia, aunque no haya entrado en mi celda y sólo haya mostrado su fuerza a través del pequeño trozo de cielo que puedo ver desde aquí.

No sé por qué la vida me ha hecho pasar por tantas cosas en tan poco tiempo.

Para ver si era capaz de soportar los momentos difíciles.

Para ver de qué estaba hecha.

Para darme experiencia.

Pero hay otros métodos, otras formas de conseguirlo. No era necesario hacer que me ahogase en la oscuridad de mi propia alma, hacerme atravesar este bosque lleno de lobos y otros animales salvajes, sin nada para guiarme.

Lo único que sé es que este bosque, por aterrador que sea, tiene un final y pretendo llegar al otro lado. Seré generosa en la victoria y no acusaré a los que tantas mentiras han dicho sobre mí.

¿Sabe lo que voy a hacer ahora, antes de oír los pasos por el pasillo cuando traigan el desayuno? Voy a bailar. Voy a recordar cada nota musical y voy a moverme a su ritmo, porque eso demuestra lo que soy: ¡una mujer libre!

Porque es eso lo que siempre he querido: la libertad. No quise el amor, a pesar de haber surgido y desaparecido, y a pesar de haber hecho cosas por él que no debería haber hecho y de haber viajado a lugares que no me convenían.

Pero no quiero adelantar mi propia historia; la vida pasa muy deprisa y me resulta difícil acompañarla desde aquella mañana que llegué a Berlín.

Rodearon el teatro y se interrumpió el espectáculo justo en el momento de mayor concentración, cuando daba lo mejor de mí después de tanto tiempo sin ejercitarme como debía. Soldados alemanes subieron al escenario y dijeron que, desde aquel día, quedaban canceladas las actuaciones en todas las casas de espectáculos hasta nueva orden.

Uno de ellos leyó un comunicado en voz alta:

—Éstas son las palabras de nuestro káiser: «Vivimos un momento negro de la historia de nuestro país, rodeado de enemigos. Tendremos que desenvainar las espadas. Espero que seamos capaces de usarlas bien y con dignidad».

Yo no entendía nada. Me dirigí al camerino, me puse mi albornoz sobre la escasa ropa que llevaba y vi a Franz entrar a toda prisa.

—Tienes que irte; si no lo haces, te van a detener.

—¿Irme? ¿Adónde? Además, ¿no tenía una cita mañana por la mañana con alguien del Ministerio de Asuntos Exteriores alemán?

—Está todo cancelado —dijo sin ocultar su preocupación—. Tienes suerte de ser ciudadana de un país neutral, y es ahí adonde debes irte de inmediato.

Podía pensar cualquier cosa, menos tener que volver al lugar que me había costado tanto dejar.

Franz sacó un fajo de billetes del bolsillo y me lo dio.

—Olvida el contrato de seis meses que firmamos con el teatro Metropol. Éste es todo el dinero que he podido reunir, que estaba en la caja del teatro. Vete inmediatamente. Yo me encargaré de enviarte tus cosas, si aún sigo vivo. Porque acaban de convocarme.

Cada vez entendía menos.

—El mundo se ha vuelto loco —decía él, andando de un lado a otro.

»La muerte de un pariente, por cercano que sea, no es excusa para enviarlo a uno a la muerte. Pero son los generales los que mandan en el mundo y quieren rematar lo que no pudieron hacer cuando Francia fue vergonzosamente derrotada hace más de cuarenta años. Se creen que aún viven en aquella época y están decididos a vengar algún día aquella humillación. Quieren impedir que se hagan más fuertes, y todo indica que, cada día que pasa son realmente más fuertes. Ésa es mi explicación para lo que ocurre: hay que matar a la serpiente antes de que sea demasiado fuerte y nos estrangule.

—¿Me estás diciendo que vamos camino de una guerra? ¿Por eso había tanto movimiento de tropas hace una semana?

—Sí. La situación es más complicada porque todos los gobernantes están supeditados a alianzas. Algo difícil de explicar. Pero, en este preciso momento, nuestros ejércitos están invadiendo Bélgica; Luxemburgo ya se ha rendido, y ahora se dirigen hacia las regiones industriales de Francia con siete divisiones muy bien armadas. Parece que, mientras los franceses disfrutaban de la vida, nosotros buscábamos un pretexto. Mientras los franceses construían la torre Eiffel, nuestros hombres invertían en cañones. No creo que llegue a durar mucho; después de algunas muertes en ambos lados, siempre acaba reinando la paz. Pero hasta entonces, debes refugiarte en tu país y esperar a que todo se calme.

Las palabras de Franz me sorprendían; parecía francamente interesado en mi bienestar. Me acerqué y le toqué la cara.

—No te preocupes, todo va a salir bien.

—No va a salir bien —contestó, apartando mi mano.

»Y lo que yo más quería está perdido para siempre.

Cogió la mano que había apartado con tanta violencia.

—Cuando era más joven, mis padres me obligaron a aprender piano. Siempre lo detesté y, en cuanto pude irme de casa, lo olvidé todo, excepto una cosa: la melodía más hermosa del mundo se transforma en una monstruosidad si las cuerdas están desafinadas.

»Una vez, mientras cumplía en Viena el servicio militar obligatorio, nos dieron dos días de permiso. Había un cartel con una chica que, aun sin verla en persona, despertaba en uno esa sensación que ningún hombre debe sentir: amor a primera vista. La chica eras tú. Al entrar en el teatro abarrotado, pagando una entrada que costaba más de lo que ganaba en toda una semana, me di cuenta de que todo lo que desafinaba en mí, la relación con mis padres, con el ejército, con mi país, con el mundo, de repente se armonizaba al ver a esa chica bailando. No era la música exótica ni el erotismo presentes en el escenario y en el público, sino la chica.

Sabía a qué se refería, pero no quise interrumpirlo.

—Debería haberte dicho todo esto antes, pero pensé que ya tendría tiempo. Hoy soy un empresario teatral de éxito, tal vez debido al espectáculo de aquella noche en Viena. Mañana tengo que presentarme ante el capitán responsable de mi unidad. Fui varias veces a París para asistir a tus actuaciones. Me di cuenta de que, a pesar de todo el esfuerzo, Mata Hari estaba perdiendo terreno a favor de gente que ni siquiera merece el apelativo de *bailarín* ni *artista*. Decidí traerte a un lugar en el que se valorase tu trabajo; todo lo hice por amor, sólo por amor, un amor no correspondido, pero ¿qué importa? Lo que realmente cuenta es estar cerca de la persona amada, y ése era mi objetivo.

»Un día antes de atreverme a abordarte en París, un oficial de la embajada se puso en contacto conmigo. Me dijo que solías salir con un diputado que, según nuestro servicio de espionaje, iba a ser el siguiente ministro de Guerra.

—Pero ya fue ministro de Guerra.

—Según nuestro servicio de espionaje, va a volver a serlo. Ya había visto muchas veces a ese oficial, bebíamos juntos y frecuentábamos la noche parisiense. Una de esas noches, bebí un poco de más y le hablé durante horas sobre ti. Sabía que yo estaba enamorado, y me pidió que te trajese a Alemania, ya que íbamos a necesitar de tus servicios muy pronto.

—¿Mis servicios?

—Tienes acceso directo al gobierno.

No tenía coraje para mencionarla, pero se refería a la palabra *espía*, algo que yo nunca haría. Como debe de recordar usted, excelentísimo señor Clunet, eso fue lo que dije en aquella farsa de juicio.

—Prostituta, sí. ¡Espía, jamás!

—Sal del teatro ahora mismo y vete a Holanda. El dinero que te he dado es más que suficiente. Dentro de nada ya no podrás hacer ese viaje. Y sería peor si pudieras hacerlo, porque eso significaría que hemos conseguido infiltrar a alguien en París.

Estaba bastante asustada, pero no lo suficiente como para no darle un beso y agradecer lo que estaba haciendo por mí.

Iba a mentir, diciéndole que lo esperaría hasta que la guerra acabase, pero la honestidad desarma cualquier mentira.

Realmente, los pianos no pueden desafinar nunca. El verdadero pecado no es lo que nos han enseñado, sino vivir alejado de la armonía absoluta. Es más poderosa que las verdades y las mentiras que decimos todos los días. Me volví hacia él y le pedí amablemente que saliese, ya que tenía que vestirme.

—El pecado no lo creó Dios, sino nosotros, al intentar convertir lo que era absoluto en algo relativo —dije—. Dejamos de ver el todo y sólo vemos una parte, y esa parte está cargada de culpa, normas, buenos luchando contra malos, todos con la convicción de estar en lo cierto.

Me sorprendieron mis propias palabras. Tal vez era el miedo, que me afectaba más de lo que pensaba. Pero mi cabeza parecía estar lejos de allí.

—Tengo un amigo que es cónsul de Alemania en tu país. Puede ayudarte a rehacer tu vida. Pero ten cuidado: al igual que yo, es muy posible que intente convencerte para que nos ayudes a ganar esta guerra.

Volvió a evitar la palabra «espía». Soy una mujer con mucha experiencia y sé cómo esquivar esas trampas. ¿No lo había hecho, acaso, muchas otras veces en mis relaciones con los hombres?

Salimos y me acompañó a la estación de tren. De camino, vimos una enorme manifestación frente al palacio del káiser, en la que hombres de todas las edades, con los puños en alto, gritaban:

—¡Alemania, siempre arriba!

Franz aceleró el coche.

—Si alguien nos para, quédate callada, que ya hablo yo. Sin embargo, si te preguntan algo, contesta solamente «sí» o «no», pon cara de aburrimiento y no se te ocurra hablar en la lengua del enemigo. Al llegar a la estación, no se debe notar que tienes miedo bajo ningún concepto; sigue siendo tú misma.

¿Siendo yo misma? ¿Cómo podía ser yo misma, si no tenía claro quién era? ¿La bailarina que tomó Europa al asalto? ¿El ama de casa que se humillaba en las Indias Holandesas? ¿La amante de los poderosos? ¿La «artista vulgar», según la prensa que, poco tiempo antes, me admiraba y me adoraba?

Llegamos a la estación; Franz me besó respetuosamente la mano y me pidió que cogiese el primer tren. Era la primera vez en mi vida que viajaba sin equipaje; incluso cuando llegué a París llevaba alguna cosa.

Por extraño que parezca, aquello me dio una enorme sensación de libertad. Iba a recuperar mis cosas pero, mientras tanto, le daba vida a otro de los personajes que había ido interpretando a lo largo de mi vida: la mujer que no tiene absolutamente nada, la princesa alejada de su castillo, cuyo consuelo es saber que pronto regresará.

Después de comprar el billete a Ámsterdam, descubrí que todavía quedaban algunas horas hasta el momento de partir. A pesar de mi discreción, noté que todo el mundo me miraba; pero era una forma de mirar diferente, no era de admiración ni de envidia, sino de curiosidad. Los andenes estaban llenos y, al contrario que yo, todo el mundo parecía llevar sus casas en maletas, sacos, fardos hechos con alfombras. Oí a una madre diciéndole a su hija lo mismo que me había dicho Franz un rato antes:

—Si aparece algún policía, habla en alemán.

Entonces, realmente no era gente que se iba al campo, sino posibles «espías», refugiados que volvían a sus países.

Decidí no hablar con nadie, evitando cualquier contacto visual, pero, aun así, un señor mayor se acercó a mí.

—¿Le gustaría venir a bailar con nosotros? —me dijo.

¿Me habría reconocido?

—Estamos allí, al final del andén. ¡Venga!

Lo seguí instintivamente, sabiendo que estaría más segura si me camuflaba entre extraños. Al momento, me vi rodeada de gitanos y, por impulso, apreté más el bolso contra mi cuerpo. Había miedo en sus ojos, pero no se dejaban llevar por él, como si ya estuvieran acostumbrados a cambiar de expresión a cada momento. Formaron un círculo, tocaban las palmas y tres mujeres bailaban en el centro.

—¿Quiere bailar? —preguntó el señor que me había invitado a unirme a ellos.

Contesté que nunca lo había hecho antes. Insistió, y le expliqué que, aunque quisiera intentarlo, el vestido no me daba libertad de movimiento. Se dio por satisfecho, empezó a tocar las palmas y me pidió que hiciera lo mismo.

—Somos gitanos de los Balcanes —comentó.

»Por lo que sé, es allí donde empezó la guerra. Tenemos que salir de aquí cuanto antes.

Iba a explicarle que no, que la guerra no había empezado en los Balcanes, que aquello no había sido más que el detonante de una situación que parecía a punto de estallar desde hacía muchos años. Pero era mejor mantener la boca cerrada, como Franz me había recomendado.

—... pero la guerra se va a acabar —dijo una mujer con cabello y ojos negros, mucho más guapa de lo que aparentaba, escondida entre su modesta ropa—. Todas las guerras se acaban, muchos se lucran a costa de los muertos. Mientras, nosotros seguimos como siempre, alejándonos de los conflictos, y los conflictos insisten en perseguirnos.

Cerca de nosotros jugaba un grupo de niños, como si nada de aquello resultase importante y viajar fuese siempre una aventura. Para ellos, los dragones están en una batalla constante entre sí, los caballeros luchan vestidos de acero y armados con grandes lanzas, en un mundo en el que, si un niño no persiguiese a otro, sería terriblemente aburrido.

La gitana que había hablado conmigo se dirigió a ellos y les pidió que no hiciesen tanto ruido, ya que no debían llamar mucho la atención. Ninguno de ellos le dio la menor importancia.

El mendigo que parecía conocer a todos los que pasaban por la calle principal cantaba:

«El pájaro en la jaula puede cantar sobre la libertad, pero seguirá viviendo preso. Thea aceptó vivir en la jaula, después quiso escapar, pero nadie lo ayudó porque nadie lo entendió».

Yo no tenía la menor idea de quién era Thea; todo lo que sabía es que tenía que llegar cuanto antes al consulado y presentarme ante Karl Cramer, la única persona que conocía en La Haya. Había pasado la noche en un hotel de quinta categoría, por miedo a que me reconocieran y me expulsaran. La Haya era un hervidero de gente que parecía estar en otro mundo. Por lo visto, las noticias de la guerra no habían llegado hasta allí; habían quedado atrapadas en la frontera junto con miles de refugiados, desertores, franceses que temían represalias, belgas que se fugaban del frente de batalla, aguardando lo imposible.

Por primera vez, me alegraba de haber nacido en Leeuwarden y de tener un pasaporte holandés. Fue mi salvación. Mientras esperaba a que me registraran, momento en el que me alegré de no llevar equipaje, un hombre al que no pude ver bien me lanzó un sobre. Iba dirigido a alguien, pero el oficial encargado de la frontera vio lo ocurrido, abrió la carta, volvió a cerrarla y me la entregó sin hacer ningún comentario. Acto seguido, llamó a su colega alemán y señaló al hombre, que desapareció en la oscuridad.

—Un desertor.

El oficial alemán lo siguió; ¿acababa de empezar la guerra y ya empezaban las deserciones? Lo vi levantar el rifle y apuntar hacia la persona que corría. Aparté la vista cuando disparó. Quiero vivir el resto de mi vida pensando que consiguió escapar.

La carta iba dirigida a una mujer, y supuse que tal vez esperaba que yo la echase al correo al llegar a La Haya.

Voy a salir de aquí sea cual sea el precio, aunque se trate de mi propia vida, ya que pueden fusilarme por desertor si me cogen. Por lo visto, la guerra está empezando; aparecieron los primeros soldados franceses al otro lado y fueron enseguida aniquilados por una única ráfaga de ametralladora que yo, precisamente yo, disparé obedeciendo una orden del capitán.

Por lo visto, se va a acabar pronto pero, aun así, mis manos están manchadas de sangre, y lo que hice una vez no puedo volver a repetirlo; no puedo marchar con mi batallón hasta París, como dicen todos animados. No puedo celebrar las victorias que nos esperan porque todo eso me parece una locura. Cuanto más lo pienso, menos entiendo lo que ocurre. Nadie dice nada, porque creo que nadie conoce la respuesta.

Por increíble que pueda parecer, aquí tenemos servicio de correos. Podría utilizarlo, pero, por lo que sé, toda la correspondencia pasa por los censores antes del envío. Esta carta no es para decirte cuánto te quiero, ya sabes cuánto, ni para hablar de la valentía de nuestros soldados, algo que toda Alemania sabe. Esta carta es mi testamento. Mientras te escribo, estoy bajo el árbol donde, hace seis meses, pedí tu mano en matrimonio y tú aceptaste. Hicimos planes, tus padres nos ayudaron con el ajuar, busqué una casa con una habitación extra en la que poder tener a nuestro primer y tan esperado hijo, y, de repente, aquí estoy, en el mismo lugar, después de tres días cavando trincheras, cubierto de barro de pies a cabeza y con la sangre de cinco o seis personas que no conocía de nada, que no me habían hecho daño alguno. Lo llaman «guerra justa» para proteger nuestra dignidad; como si un campo de batalla fuese el lugar adecuado.

A medida que oigo los primeros disparos y siento el olor a sangre de los primeros muertos, me convenzo de que la dignidad de un ser humano no puede convivir con esto. Tengo que dejar de escribir porque acaban de llamarme. Pero en cuanto caiga la noche, me voy de aquí, hacia Holanda o hacia la muerte.

Pienso que, a medida que pasen los días, me va a costar más describir lo que está ocu-

rriendo. Por tanto, prefiero marcharme de aquí esta noche y ver si encuentro un alma caritativa que eche esta carta en un buzón.

Con todo mi amor,

Jorn

Los dioses quisieron que, al llegar a Ámsterdam, me encontrase en el andén a uno de mis peluqueros de París, vestido con el uniforme de guerra. Era conocido por la técnica que utilizaba para aplicar henna al cabello femenino; lo hacía de tal manera que el color siempre parecía natural y resultaba agradable a la vista.

—¡Van Staen!

Miró hacia atrás, de donde procedía el grito; su cara se transformó en una máscara de terror e, inmediatamente, se alejó.

—Maurice, soy yo, ¡Mata Hari!

Pero él seguía alejándose. Aquello me indignó. ¿Un hombre que había ganado miles de francos gracias a mí ahora me rehuía? Caminé hacia él y su paso se aceleró; yo también aceleré el mío, y él estaba a punto de echarse a correr cuando un caballero, observando la escena, lo agarró del brazo.

—¡Aquella mujer te está llamando!

Se resignó a su destino. Se detuvo y esperó a que yo me acercase. En voz baja, me pidió que no volviera a mencionar su nombre.

—¿Qué estás haciendo aquí?

Entonces me contó que, en los primeros días de la guerra, imbuido del espíritu patriótico, se había alistado para defender Bélgica, su país. Pero, al oír el estampido de los primeros cañones, cruzó inmediatamente la frontera hacia Holanda para pedir asilo.

Fingí cierto desdén.

—Necesito que me peines.

En realidad, lo que necesitaba con desesperación era recuperar mi autoestima hasta que mi equipaje llegase. El dinero que Franz me había dado era suficiente para sobrevivir uno o dos meses, mientras pensaba en una manera de volver a París. Le pregunté dónde podía hospedarme temporalmente, ya que tenía un amigo que iba a ayudarme mientras la situación se calmaba.

Un año después, me mudé a La Haya gracias a mi amistad con un banquero que había conocido en París y que me había alquilado una casa en la que solíamos vernos. Llegó un momento en que dejó de pagar el alquiler, sin llegar a decirme concretamente por qué, pero tal vez fue porque consideraba que mis gustos eran «caros y extravagantes», tal como comentó una vez. Mi respuesta fue: «Extravagante es que un hombre diez años mayor que yo pretenda recobrar su juventud perdida entre las piernas de una mujer».

Se lo tomó como una ofensa personal, ésa era la intención, y me pidió que abandonase la casa. La Haya ya me había parecido un lugar monótono cuando la visité una única vez siendo niña; en ese momento, con la escasez y la ausencia de vida nocturna por culpa de la guerra que se propagaba, cada vez con más furor, por los países vecinos, se había convertido en un asilo de viejos, en un nido de espías; en un enorme bar en el que heridos y desertores iban a ahogar sus penas, a emborracharse y a meterse en peleas en las que, generalmente, había algún muerto. Intenté organizar una serie de espectáculos teatrales basados en danzas del Antiguo Egipto, algo que podía hacer fácilmente, ya que nadie sabía cómo se bailaba en el Antiguo Egipto y los críticos no podían comprobar su autenticidad. Pero en los teatros escaseaba el público, y nadie aceptó mi oferta.

París parecía un sueño cada vez más lejano. Sin embargo, era el norte de mi vida, la única ciudad en la que me sentía como un ser humano de verdad. Allí podía hacer lo que estaba permitido y lo que era pecado. Las nubes eran diferentes, la gente andaba con elegancia, las conversaciones eran mil veces más interesantes que los tediosos debates de las peluquerías de La Haya, donde la gente apenas hablaba por miedo a que cualquiera escuchase y la denunciase a la policía por desacreditar y comprometer la imagen de neutralidad del país. Durante algún tiempo, traté de informarme acerca de Maurice van Staen, les pregunté a algunas amigas del colegio que se habían mudado a Ámsterdam, pero parecía haber desaparecido de la faz de la Tierra con sus técnicas de henna y su ridículo acento que imitaba el francés.

Mi única salida era conseguir que los alemanes me llevasen a París. Entonces decidí ir a ver al amigo de Franz. Previamente le envié una nota explicándole quién era y pidiéndole que me ayudase a realizar mi sueño de volver a la ciudad en la que había pasado gran parte de mi vida. Había perdido los kilos que había engordado durante aquel largo y tenebroso período. Mi ropa nunca llegó a Holanda y, aunque hubiese llegado, ya no la quería porque, según las revistas, la moda había cambiado, y mi «benefactor» me había comprado ropa nueva; sin la calidad de París, desde luego, pero por lo menos las costuras no se desgarraban al primer movimiento.

Al entrar en el despacho vi a un hombre rodeado de todos los lujos que se les negaban a los holandeses: cigarrillos y puros importados, bebidas procedentes de todos los rincones de Europa, quesos y fiambres que estaban racionados en los mercados de la ciudad. Sentado al otro lado de la mesa de caoba con adornos de oro, el hombre iba bien vestido y resultaba más educado que los alemanes que yo había conocido. Charlamos de trivialidades y me preguntó por qué había tardado tanto en ir a verlo.

—No sabía que me esperaran. Franz...

—Me avisó de que vendría hace un año.

Se levantó y me preguntó qué me gustaría tomar. Le pedí un licor de anís, que sirvió él mismo en vasos de cristal de Bohemia.

—Lamentablemente, Franz ya no está entre

nosotros; murió durante un ataque cobarde de los franceses.

Por lo poco que sabía, la veloz embestida alemana de agosto de 1914 había sido contenida en la frontera de Bélgica. La idea de llegar a París rápidamente, como decía la carta que me había sido confiada, era en ese momento un sueño lejano.

—¡Lo teníamos todo muy bien planeado!... ¿La aburro con todo esto?

Le pedí que continuase. Sí, me aburría, pero quería llegar a París lo más rápido posible y sabía que necesitaba su ayuda. Desde que había llegado a La Haya tuve que aprender algo que me resultaba extremadamente difícil: el arte de la paciencia.

El cónsul notó mi mirada de tedio y trató de resumir al máximo lo ocurrido hasta entonces. A pesar de haber enviado siete divisiones al oeste y de haber avanzado muy deprisa sobre territorio francés, llegando a cincuenta kilómetros de París, los generales no tenían la menor idea de cómo la Comandancia General del Ejército había organizado la ofensiva, lo que provocó un retroceso hasta la posición en la que se encontraban, en una zona cerca de la frontera con Bélgica. Hacía prácticamente un año que no se movían sin que soldados de un lado o del otro fuesen sistemáticamente masacrados. Pero nadie se rendía.

—Cuando esta guerra se acabe, estoy seguro de que cada aldea de Francia, con independencia de lo pequeña que sea, tendrá un monumento a sus muertos. Cada vez envían a más gente para que nuestros cañones la corten por la mitad.

La expresión «la corten por la mitad» me chocó, y él notó mi aire de repulsa.

—Digamos que, cuanto antes acabe esta pesadilla, mejor. Aunque Inglaterra se ponga de su lado y aunque nuestros estúpidos aliados, los austríacos, en este momento están ocupadísimos tratando de detener el avance ruso, venceremos. Por eso necesitamos su ayuda.

¿Mi ayuda? ¿Para parar una guerra que, según lo que había leído u oído en las pocas cenas a las que había asistido en La Haya, hasta el momento había provocado la muerte de miles de personas? ¿Adónde quería ir a parar?

De repente recordé la advertencia de Franz repitiéndose en mi cabeza: «No aceptes nada de lo que te proponga Cramer».

Sin embargo, mi vida no podía ir peor. Estaba desesperada por conseguir dinero, no tenía donde dormir y las deudas se me iban acumulando. Sabía lo que iba a proponerme, pero estaba segura de que encontraría alguna manera de escapar de la trampa. Ya había escapado de muchas a lo largo de mi vida.

Le solicité que fuese directo al grano. Karl Cramer se puso rígido y su tono cambió bruscamente. Ya no era una visita a la que se le debía algo de cortesía antes de abordar asuntos más importantes; empezaba a tratarme como a su subordinada.

—Sé, por la nota que me ha enviado, que su deseo es volver a París. Puedo conseguirlo. También puedo conseguir una ayuda de veinte mil francos para los gastos.

—No es suficiente —contesté.

—Esa ayuda se irá reajustando a medida que los resultados de su trabajo sean visibles y el período de prueba haya concluido. No se preocupe; disponemos de todo el dinero que queramos para eso. A cambio, necesito cualquier tipo de información que pueda conseguir en los círculos que usted frecuenta.

«Frecuentaba», pensé para mí. No sabía cómo me iban a recibir en París un año y medio después; sobre todo teniendo en cuenta que lo último que se sabía de mí era que me iba a Alemania para realizar una gira de espectáculos.

Cramer sacó tres pequeños frascos del cajón y me los dio.

—Es tinta invisible. Cuando tenga alguna noticia, úsela y mande la carta al capitán Hofman, que es el que se va a encargar de su caso. No firme nunca con su nombre.

Cogió una lista, la recorrió de arriba abajo y marcó algo en ella.

—Su nombre de guerra es H21. Recuerde: tiene que firmar siempre como H21.

No sabía si aquello era una broma, algo peligroso o una estupidez. Al menos, podrían haber escogido un nombre mejor, y no esas siglas que parecían el asiento numerado de un tren.

De otro cajón sacó los veinte mil francos en metálico y me dio el fajo de billetes.

—Mis subordinados, en la otra sala, se encargan de los otros trámites, como los pasaportes y los salvoconductos. Como sabrá, es imposible cruzar la frontera en guerra. Así pues, la única alternativa es viajar hasta Londres, y desde allí hasta la ciudad por la que, pronto, marcharemos bajo el imponente, aunque irreal, Arco del Triunfo.

Salí del despacho de Cramer con todo lo que necesitaba: dinero, dos pasaportes y salvoconductos. Al pasar por el primer puente, vacié el contenido de los frascos de tinta invisible, algo para niños a los que les gustaba jugar a la guerra, y que nunca pensé que los adultos se tomarían en serio. Me dirigí al consulado francés y solicité ver al jefe de contraespionaje. Me atendieron con gesto de cierta incredulidad.

—¿Para qué quiere verlo?

Dije que era un asunto particular y que me negaba a tratar el tema con subordinados. Estaba tan seria que al momento me pusieron al teléfono con un superior, que me atendió sin revelar su nombre. Le dije que me acababan de reclutar en el servicio de espionaje alemán, le di todos los detalles y le pedí que me recibiese en cuanto llegase a París, mi siguiente destino. Me preguntó mi nombre, dijo que era un seguidor mío y que se encargarían de ponerse en contacto conmigo en cuanto llegase a la Ciudad de la Luz. Le expliqué que aún no sabía en qué hotel me iba a hospedar.

—No se preocupe; ése es justo nuestro trabajo, descubrir ese tipo de cosas.

La vida volvía a ser interesante, aunque no lo sabría hasta salir de allí. Para mi sorpresa, al llegar al hotel, había un sobre con una nota pidiéndome que me pusiera en contacto con uno de los directores del Teatro Real. Habían aceptado mi propuesta y me invitaban a mostrarle al público las danzas históricas egipcias, siempre y cuando eso no implicase ningún episodio de desnudez. Me parecieron demasiadas coincidencias, ya que no sabía si era una ayuda de los alemanes o de los franceses.

Decidí aceptar. Dividí las danzas egipcias en Virginidad, Pasión, Castidad y Fidelidad. Los periódicos locales elogiaron mi trabajo, pero, tras ocho actuaciones, ya estaba otra vez muerta de aburrimiento y soñando con el día de mi gran regreso a París.

En Ámsterdam, donde tenía que esperar ocho horas antes de salir para Inglaterra, decidí pasear un rato y volví a encontrarme al mendigo que cantaba aquellos extraños versos sobre Thea. Iba a continuar, pero interrumpió su canción.

—¿Por qué la siguen?

—Porque soy bonita, seductora y famosa —contesté.

Pero respondió que no era ese tipo de gente la que me seguía, sino dos hombres que, en cuanto se dieron cuenta de que los había visto, desaparecieron misteriosamente.

No recordaba la última vez que había hablado con un mendigo; era algo por completo inaceptable para una dama de la alta sociedad, aunque los envidiosos me viesen como una artista o una prostituta.

—Aunque no lo parezca, aquí está usted en el paraíso. Puede ser aburrido, pero ¿qué paraíso no lo es? Supongo que lo que busca son aventuras, y espero que me perdone la impertinencia, pero normalmente la gente no valora lo que tiene.

Le agradecí el consejo y seguí mi camino. ¿Qué clase de paraíso era aquel en el que nunca pasaba nada, absolutamente nada interesante? Yo no buscaba la felicidad, sino lo que los franceses llaman *la vraie vie*, la vida real. Con sus momentos de indescriptible belleza y de depresión profunda, de lealtad y de traición, de miedo y de paz. Cuando el mendigo me dijo que me seguían, me vi a mí misma en un papel mucho más importante que los que había interpretado antes: era alguien que podía cambiar el destino del mundo, hacer que Francia ganase la guerra mientras fingía que espiaba para los alemanes. Los hombres creen que Dios es matemático, y no lo es. De ser algo, sería un jugador de ajedrez que se anticipa a los movimientos de su oponente y prepara su estrategia para derrotarlo.

Ésa era yo, Mata Hari, para la que cada momento de luz y cada momento de tinieblas significaban lo mismo. Había sobrevivido a mi matrimonio, a la pérdida de la custodia de mi hija, aunque sabía, por terceros, que ella llevaba una de mis fotos pegada en su cartera, y nunca me había quejado y había seguido adelante. Mientras lanzaba piedras con Astruc en Normandía, me había dado cuenta de que siempre había sido una guerrera, afrontando mis batallas sin amargura; forman parte de la vida.

Las ocho horas de espera en la estación pasaron rápido, y volví a tomar un tren que me llevaría a Brighton. Al llegar a Inglaterra fui sometida a un rápido interrogatorio; por lo visto, ya era una mujer visada, tal vez porque viajaba sola, tal vez por ser quien era o, lo más probable, porque el servicio secreto francés me había visto entrar en el consulado alemán y había alertado a todos sus aliados. Nadie sabía nada de mi llamada de teléfono ni de mi devoción por el país al que me dirigía.

Durante los dos años siguientes viajé mucho, recorriendo países que no conocía. Regresé a Alemania para ver si podía recuperar mis cosas y me vi sometida a duros interrogatorios por parte de los oficiales ingleses, aunque todos, absolutamente todos, sabían que trabajaba para Francia, viéndome con hombres muy interesantes, frecuentando los restaurantes más famosos. Conocí a mi único y verdadero amor, un ruso por el que estaba dispuesta a hacer cualquier cosa, que se había quedado ciego por culpa del gas mostaza, utilizado indiscriminadamente durante la guerra.

Fui a Vittel arriesgándolo todo por él; mi vida tenía otro sentido. Solía recitar todas las noches, cuando nos acostábamos, un fragmento del Cantar de los Cantares:

En mi lecho, durante la noche, he buscado a quien ama mi alma. Lo he buscado, pero sin lograr hallarlo. Me levantaré, pues, y daré la vuelta a la ciudad recorriendo sus calles y sus plazas, buscando a quien ama mi alma. Lo he buscado, pero no lo he hallado.

Me han encontrado los vigilantes que hacen la ronda de la ciudad.

—¿Habéis visto —les he dicho— a aquel a quien ama mi alma?

Apenas los había pasado cuando he encontrado a mi amado. Lo he agarrado fuertemente sin dejarlo marchar.

Cuando él se retorcía de dolor, yo pasaba la noche en vela curando sus ojos y las quemaduras de su cuerpo.

Hasta que la más trapera de las puñaladas me atravesó el corazón al verlo sentado en el banco de los testigos diciendo que nunca podría enamorarse de una mujer veinte años mayor que él; su único interés era que alguien curase sus heridas.

Según lo que me contó después, señor Clunet, fue mi fatídico empeño en conseguir un pase para poder ir a Vittel lo que despertó las sospechas del maldito Ladoux.

A partir de aquí, señor Clunet, no tengo nada más que añadir a esta historia. Sabe usted perfectamente lo que pasó y cómo pasó.

Por todo lo que he sufrido injustamente, por las humillaciones que me veo obligada a soportar, por la difamación pública que sufrí en el Tribunal del Tercer Consejo de Guerra, por las mentiras de ambos bandos, como si los alemanes y los franceses se estuviesen matando entre ellos pero no pudiesen dejar en paz a una mujer cuyo mayor pecado fue tener una mente libre en un mundo en el que la gente es cada vez más cerrada. Por todo eso, señor Clunet, en el caso de que la última apelación al presidente de la República sea rechazada, le pido, por favor, que guarde esta carta y se la entregue a mi hija Non cuando sea capaz de entender todo lo que ha pasado.

Una vez, estando en la playa de Normandía con mi agente, el señor Astruc, al cual desde mi regreso a París he visto una única vez, me dijo que el país pasaba por una ola de antisemitismo y no podían verlo en mi compañía. Me habló de un escritor, Oscar Wilde. No fue difícil encontrar *Salomé*, la obra a la que se refería, pero nadie se dignó apostar ni un céntimo en el montaje que yo estaba a punto de producir, sin dinero, pero con la ayuda de gente influyente a la que conocía.

¿Por qué menciono esto? ¿Por qué me interesé por la obra de ese escritor inglés que acabó sus días aquí, en París, sin que ninguno de sus amigos asistiese al funeral y cuyo único delito fue haber amado a un hombre? Ojalá fuese ésa también mi condena, porque a lo largo de mi vida he estado en la cama de hombres famosos y de sus mujeres, todos con una sed insaciable de placer. Nunca nadie me denunció, por supuesto, porque serían ellos mis propios testigos.

Volviendo al escritor inglés, hoy maldito en su país e ignorado en el nuestro, en mis constantes viajes leí gran parte de sus obras para teatro y descubrí que también había escrito cuentos para niños.

Un estudiante quería invitar a su amada a bailar, pero ella lo rechazó, diciéndole que aceptaría si le llevaba una rosa roja. En el lugar en el que vivía el estudiante, todas las rosas eran amarillas o blancas.

El ruiseñor escuchó la conversación. Al ver lo triste que se ponía, decidió ayudar al pobre muchacho. Primero, se le ocurrió cantar algo bonito, pero después llegó a la conclusión de que sería mucho peor, ya que, además de estar solo, iba a sentir melancolía.

Una mariposa que pasaba por allí le preguntó qué ocurría.

—Sufre por amor. Tiene que encontrar una rosa roja.

—Qué ridículo sufrir por amor —contestó la mariposa.

El ruiseñor estaba decidido a ayudarlo. En un enorme jardín había un rosal lleno de rosas blancas.

—Dame una rosa roja, por favor.

Pero el rosal dijo que era imposible, que buscase otro cuyas rosas antes eran rojas y ahora eran blancas.

El ruiseñor hizo lo que le sugirió. Voló lejos y encontró un viejo rosal.

—Necesito una flor roja —le pidió.

—Soy demasiado viejo —fue la respuesta—. El invierno ha congelado mis venas y el sol ha desteñido mis pétalos.

—Sólo una —suplicó el ruiseñor—. ¡Tiene que haber alguna manera!

Sí, había una manera. Pero era tan terrible que no quería decírsela.

—No tengo miedo. Dime qué tengo que hacer para conseguir una rosa roja. Una única rosa roja.

—Vuelve por la noche y canta para mí la más bella de las melodías de los ruiseñores mientras presionas tu pecho contra una de mis espinas. La sangre subirá por mi savia y teñirá la rosa.

El ruiseñor volvió aquella noche, convencido de que valía la pena sacrificar su vida en nombre del Amor. En cuanto apareció la luna, apretó su pecho contra la espina y empezó a cantar. Primero, el tema de un muchacho y una mujer que se enamoraron. Después, cómo el amor justifica cualquier sacrificio. Y así, sucesivamente, mientras la luna cruzaba el cielo, el ruiseñor cantaba y la más bonita rosa del rosal se iba tiñendo con su sangre y transformándose.

—Más rápido —dijo el rosal en un determinado momento—. Está a punto de salir el sol.

El ruiseñor apretó aún más su pecho y, en ese instante, la espina alcanzó su corazón. Aun así, continuó cantando hasta terminar su trabajo.

Agotado, sabiendo que estaba a punto de morir, cogió la más bonita de todas las rosas rojas y fue a entregársela al estudiante. Llegó a su ventana, dejó la flor y murió.

El estudiante oyó el ruido, abrió la ventana y allí estaba lo que más deseaba en el mundo. Estaba amaneciendo; cogió la rosa y salió disparado hacia la casa de la mujer amada.

—Aquí está lo que me pediste —dijo sudando y contento al mismo tiempo.

—No era eso exactamente lo que yo quería —contestó la chica—. Resulta demasiado grande y desluce mi vestido. Además, ya tengo pareja para el baile de esta noche.

Desesperado, el muchacho se marchó, tiró la rosa, que fue inmediatamente aplastada por un carruaje al pasar, y él volvió a sus libros, que nunca le habían pedido lo que no podía darles.

Ésa es mi vida; soy el ruiseñor que lo dio todo y murió en el intento.

Atentamente,

MATA HARI

(antes conocida por un nombre escogido por sus padres, Margaretha Zelle; después, obligada a adoptar su nombre de casada, madame MacLeod, y, finalmente, convencida por los alemanes, a cambio de veinte mil francos miserables, para firmar todo lo que escribía como «H21»).

PARTE 3

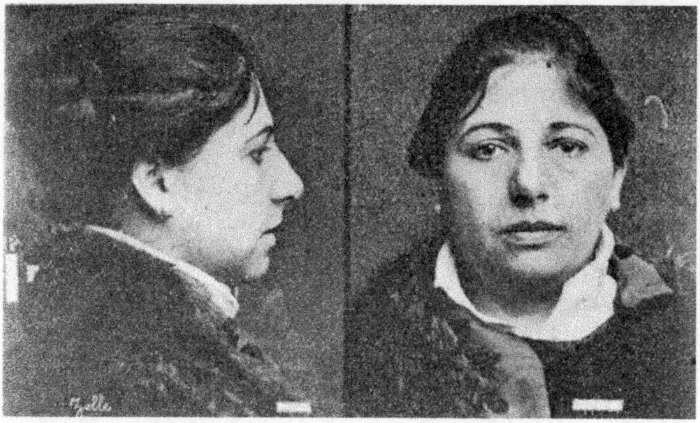

París, 14 de octubre de 1917

Estimada Mata Hari:

Aunque usted aún no lo sepa, su solicitud de perdón ha sido denegada por el presidente de la República. Por tanto, mañana de madrugada iré a verla y será la última vez.

Quedan once largas horas para eso y sé que no voy a poder dormir en toda la noche. Escribo esta carta, que su destinataria no va a leer, pero que pretendo presentar como pieza final del expediente; aunque resulte totalmente inútil desde el punto de vista jurídico, espero, al menos, restablecer su reputación aún en vida.

No deseo justificar mi incompetencia en la defensa, porque realmente no fui el pésimo abogado que usted decía muchas veces en sus numerosas cartas. Sólo quiero revivir, aunque sea para redimir un pecado que no cometí, mi calvario de los últimos meses. Es un calvario que no viví solo; trataba de salvar como fuera a la mujer a la que una vez amé, aunque nunca se lo haya confesado.

Se trata de un calvario que sufre toda la nación; hoy, no hay una sola familia en este país que no haya perdido a un hijo en el frente de batalla. Debido a eso, se cometen injusticias, atrocidades, cosas que jamás creí que pasarían en mi país. En el momento en que escribo, se están librando varias batallas que parecen no terminar nunca a doscientos kilómetros de aquí. La mayor y más sangrienta de ellas empezó por una ingenuidad nuestra; pensamos que doscientos mil bravos soldados serían capaces de derrotar a más de un millón de alemanes que avanzaban con tanques y artillería pesada hacia la capital. A pesar de haber resistido valientemente, a costa de mucha sangre, miles de muertos y heridos, el frente de guerra sigue exactamente donde estaba en 1914, cuando los alemanes iniciaron las hostilidades.

Querida Mata Hari, su mayor error fue haber conocido al hombre equivocado para hacer lo correcto. Georges Ladoux, el jefe de contraespionaje que se puso en contacto con usted al volver a París, era un hombre marcado por el gobierno. Era uno de los responsables del caso Dreyfus, el error judicial que aún en la actualidad nos avergüenza: acusar a un hombre inocente, degradarlo y mandarlo al exilio. Cuando lo descubrieron, trató de justificarse diciendo que su trabajo «no sólo consistía en saber los siguientes pasos del enemigo, sino en evitar que éste minase la moral de nuestros amigos». Quería un ascenso y se lo denegaron. Se volvió un hombre amargado, que necesitaba con urgencia un caso famoso para volver a ser bien visto en los círculos gubernamentales. Y ¿quién mejor que una actriz mundialmente conocida, envidiada por las mujeres de los oficiales y detestada por una élite que, años antes, la adoraba?

No se podía dejar que el pueblo siguiese pensando en las muertes que ocurrían en Verdún, Marne, Somme; había que distraerlo con algún tipo de victoria. Y Ladoux, que lo sabía, empezó a tejer su degradante red en el momento en que la vio por primera vez. Describió en sus notas el primer encuentro:

Entró en mi despacho como quien entra en un escenario, con ropa elegante y tratando de impresionarme. No la invité a sentarse, pero ella arrastró una silla y se instaló al otro lado de mi mesa de trabajo. Después de contarme la propuesta que le había hecho el cónsul alemán en La Haya, me dijo que estaba dispuesta a trabajar para Francia. También se burló de los agentes que la seguían: «¿Podrían sus amigos de allí abajo dejarme en paz durante algún tiempo? Cada vez que salgo del hotel, entran y me revuelven toda la habitación. Si voy a un café, ocupan la mesa de al lado, y todo eso asusta a los que han sido mis amigos durante mucho tiempo. Ahora, no quieren que los vean conmigo».

Le pregunté de qué manera le gustaría servir a la patria. Me contestó con arrogancia: «Ya sabe usted cómo. Para los alemanes soy H21, tal vez los franceses tengan más gusto a la hora de elegir los nombres de aquellos que sirven a la patria en secreto».

Contesté de manera que la frase tuviera un doble sentido: «Todos sabemos que tiene usted fama de vender muy caros sus servicios. ¿Cuánto nos va a costar?».

«Todo o nada», fue su respuesta.

En cuanto se marchó, le pedí a mi secretaria que me enviase el «dosier Mata Hari». Después de leer todo el material conseguido, que nos había costado una fortuna en horas de trabajo, no descubrí nada comprometedor. Por lo visto, era más lista que mis agentes y disimulaba muy bien sus actividades criminales.

Es decir, la acusaban a usted pero no tenían pruebas que la incriminasen. Los agentes presentaban informes sobre usted todos los días; cuando fue a Vittel para reunirse con su novio ruso, ciego por culpa del gas mostaza utilizado en uno de los ataques alemanes, la colección de «informes» que acumulaba rayaba en el ridículo.

La gente del hotel suele verla siempre acompañada del herido de guerra, probablemente veinte años más joven que ella. Por su exuberancia y su forma de caminar, estamos seguros de que usa drogas, posiblemente morfina o cocaína.

Le comentó a uno de los huéspedes que pertenecía a la casa real holandesa. A otro le dijo que tenía un castillo en Neuilly. Una noche, al volver al trabajo después de cenar, la encontramos cantando en el salón principal para un grupo de jóvenes, y estamos casi seguros de que su único objetivo era corromper a aquellas inocentes criaturas, que, para entonces, creían estar disfrutando del espectáculo de la «gran estrella de los escenarios parisienses».

Cuando su amante volvió al frente de batalla, ella se quedó en Vittel otras dos semanas; durante ese tiempo, siempre paseó, comió y cenó sola. No detectamos contactos con ningún agente enemigo, pero ¿quién iba a estar en un balneario sin la menor compañía si no fuera por intereses oscuros? A pesar de tenerla vigilada las veinticuatro horas del día, parece haber encontrado alguna manera de burlar nuestra vigilancia.

Y fue entonces, mi querida Mata Hari, cuando le asestaron el golpe más bajo. Los alemanes, más discretos y eficientes, también la estaban siguiendo. Tras su visita al inspector Ladoux, habían llegado a la conclusión de que pretendía ser una agente doble. Mientras paseaba usted por Vittel, el cónsul Cramer, que la había reclutado en La Haya, estaba siendo interrogado en Berlín. Querían conocer los detalles del gasto de veinte mil francos en una persona cuyo perfil no podía ser más diferente del espía tradicional, normalmente discreto y prácticamente invisible. ¿Por qué había llamado a alguien tan famoso para ayudar a Alemania a ganar la guerra? ¿Acaso también estaba él aliado con los franceses? ¿Cómo se explicaba el hecho de que, después de tanto tiempo, la agente H21 no hubiese emitido ni un solo informe? Cada dos por tres era abordada por algún agente, generalmente en medios de transporte público, que le pedía al menos algún tipo de información, pero solía sonreír de manera seductora diciendo que no había conseguido nada.

En Madrid, sin embargo, lograron interceptar una carta suya enviada al jefe de contraespionaje, el maldito Ladoux, en la que narra, detalladamente, un encuentro con un alto oficial alemán que, por fin, logró burlar la vigilancia y acercarse:

Me preguntó qué había conseguido; si había enviado alguna comunicación con tinta invisible y si se habría perdido por el camino. Le dije que no. Me pidió algún nombre y le comenté que me había acostado con Alfred Kiepert.

Entonces, en un ataque de furia, me gritó diciendo que no le interesaba saber con quién me acostaba, o se vería obligado a rellenar páginas y páginas de ingleses, franceses, alemanes, holandeses, rusos. Ignoré la ofensa, se calmó y me ofreció cigarrillos. Moví mis piernas de manera seductora. Creyendo que estaba ante una mujer con el cerebro del tamaño de un guisante, dejó escapar: «Disculpe mi comportamiento, estoy cansado. Necesito toda la concentración posible para organizar la llegada de munición que los alemanes y los turcos están enviando a la costa de Marruecos». Además, cobré los cinco mil francos que Cramer me debía; dijo que no tenía autoridad para eso y que iba a pedirle al consulado alemán en La Haya que se encargase del caso. «Siempre pagamos lo que debemos», concluyó.

Las sospechas de los alemanes por fin se habían confirmado. No sabemos qué pasó con el cónsul Cramer, pero Mata Hari era sin lugar a dudas una agente doble que, hasta entonces, no había proporcionado ninguna información. Tenemos un puesto de vigilancia de radio en lo alto de la torre Eiffel, pero la mayoría de la información que se pasan entre ellos está encriptada, no se puede leer. Ladoux leía sus informes pero parecía no creer en nada; nunca supe si mandó a alguien a comprobar la llegada de munición a la costa de Marruecos. De repente, un telegrama enviado desde Madrid a Berlín, en un código que sabían que los franceses habían descifrado, se convirtió en la pieza clave de la acusación, aunque no ponía nada, aparte de su *nom de guerre*.

AGENTE H21 ENTERADA DE LLEGADA DE SUBMARINO A LA COSTA DE MARRUECOS Y DEBE AYUDAR EN TRANS-

PORTE DE MUNICIÓN HASTA MARNE. DE VIAJE HACIA PARÍS, ADONDE LLEGARÁ MAÑANA.

Ladoux ya tenía las pruebas que necesitaba para incriminarla. Pero no era tan tonto como para creer que un simple telegrama podría convencer a un tribunal militar de su culpa, sobre todo porque todo el mundo tenía muy presente el caso Dreyfus; se había condenado a un inocente basándose en una única prueba escrita, sin firma y sin fecha. Así pues, había que tender más trampas.

¿Qué fue lo que hizo que mi defensa fuese prácticamente inútil? Aparte de que los jueces, los testigos y la acusación ya tenían una opinión formada, usted no ayudó mucho. No la culpo, pero esa propensión a la mentira, que parece acompañarla desde su llegada a París, desacreditó cada una de sus afirmaciones ante los magistrados. La fiscalía aportó pruebas concretas de que usted no nació en las Indias Holandesas, sino que la habían preparado sacerdotes indonesios, que era soltera y que había falsificado el pasaporte para parecer más joven. En tiempos de paz, nada de eso se tendría en cuenta, pero en el tribunal de guerra ya se oía el ruido de las bombas que traía el viento.

Así, cada vez que yo argumentaba algo como «ella buscó a Ladoux en cuanto llegó aquí», él contestaba que su único objetivo era conseguir más dinero, seducirlo con sus encantos, lo que demuestra una arrogancia imperdonable, porque siendo un inspector bajo y pesando el doble de lo que debería, creía que lo merecía..., que la intención era convertirlo en una marioneta en manos de los alemanes. Para reforzar sus afirmaciones, comentó el ataque de zepelines que había precedido a su llegada, un verdadero fracaso del enemigo, ya que no alcanzó ningún lugar estratégico. Pero, para Ladoux, aquello era una prueba que no podía ser ignorada.

Era bella, mundialmente famosa, siempre envidiada, aunque nunca respetada, en los salones que frecuentaba. Los mentirosos, por lo que yo sé, son personas que buscan popularidad y reconocimiento. Confrontados los hechos con la verdad, siempre consiguen escapar, repitiendo fríamente lo que acaban de decir o culpando al acusador de valerse de falsedades. Entiendo que quisiera usted inventarse historias fantásticas sobre su vida, fuera por inseguridad o por su deseo casi visible de ser amada a cualquier precio. Entiendo que, para manipular a tantos hombres que eran expertos en el arte de manipular a los demás, era necesaria cierta dosis de fantasía. Es imperdonable, pero es la pura realidad; fue eso lo que la llevó a la situación en la que ahora se encuentra.

Me enteré de que solía decir que se había acostado con el «príncipe G.», el hijo del káiser. Tengo mis contactos en Alemania y todos son unánimes al afirmar que no se acercó usted ni a cien kilómetros del palacio en el que él estaba durante la guerra. Se jactaba de que conocía a mucha gente del Alto Comisariado alemán; lo decía en voz alta para que todos la oyesen. Mi querida Mata Hari, ¿qué espía en su sano juicio comentaría tales barbaridades con el enemigo? Pero su deseo de llamar la atención de la gente, en un momento en el que su fama estaba en declive, lo único que hizo fue empeorar las cosas.

Era usted la que estaba en el banquillo de los acusados, sin embargo, los que mintieron fueron ellos; pero yo defendía a una persona públicamente desacreditada. Es absolutamente patética la lista de acusaciones mencionada por el fiscal, ya desde el principio, intercalando verdades que usted contó con mentiras que ellos decidieron añadir. Me quedé estupefacto cuando me enviaron el material, momento en el que, por fin, se dio usted cuenta de que su situación era complicada y decidió contratarme.

He aquí algunas de las acusaciones:

1) Zelle MacLeod pertenece al servicio de inteligencia alemán, y su nombre en clave es «H21». (Hecho.)

2) Estuvo dos veces en Francia desde el inicio de las hostilidades, con toda seguridad guiada por sus mentores con el objetivo de conseguir información para el enemigo. «Si los hombres de Ladoux la seguían a usted las veinticuatro horas del día, ¿cómo pudo hacerlo?»

3) Durante su segundo viaje, ofreció sus servicios a la inteligencia francesa cuando, de hecho, tal como se demostró después, lo compartía todo con el espionaje alemán. «Aquí hay dos errores: telefoneó desde La Haya para fijar una reunión; dicha reunión fue con Ladoux en el primer viaje y no se presentó prueba alguna respecto a secretos "compartidos" con la inteligencia alemana.»

4) Volvió a Alemania bajo el pretexto de recuperar sus cosas, pero regresó sin nada y fue detenida por la inteligencia británica, acusada de espionaje. Insistió en que se pusiesen en contacto con el señor Ladoux, pero también rechazó confirmar su identidad. Sin base ni pruebas para retenerla, fue enviada a España, donde nuestros hombres la vieron dirigirse al consulado alemán. (Hecho.)

5) Después, con el pretexto de disponer de información confidencial, se presentó en el consulado francés en Madrid, asegurando tener noticias del desembarco de munición para las fuerzas enemigas, que en aquel momento llevaban a cabo turcos y alemanes en Marruecos. Como ya sabíamos que era una agente doble, decidimos no arriesgar la vida de ningún hombre en una misión que, con toda seguridad, era una trampa...

Y así sucesivamente; una serie de afirmaciones delirantes que no merece la pena enumerar, que culminan con el telegrama enviado por canal abierto, sin encriptar, con el fin de deshacerse para siempre de la que, según Cramer le confesó más tarde a su interrogador, era «la peor de los peores espías elegidos para servir a nuestra causa». Ladoux llegó a afirmar que el nombre de «H21» lo había inventado usted misma, que su verdadero *nom de guerre* era «H44» y que había sido entrenada en Amberes, Holanda, en la famosa escuela de espías de *fräulein doktor* Schragmüller.

En una guerra, la primera víctima es la dignidad humana. Su detención, como he dicho antes, servía para demostrar la capacidad de los militares franceses y desviar la atención de los miles de jóvenes que caían en el campo de batalla. En tiempos de paz, nadie aceptaría tales delirios como pruebas. En tiempos de guerra, era todo lo que el juez necesitaba para encarcelarla al día siguiente.

La hermana Pauline, que ha servido de puente entre nosotros, trata de mantenerme informado sobre todo lo que pasa en prisión. Una vez me contó, un poco ruborizada, que le pidió que le dejase ver su álbum de recortes con todo lo publicado sobre usted: «Fui yo la que se lo pidió. No vaya a juzgarla por intentar escandalizar a una simple monja».

¿Quién soy yo para juzgarla a usted? Desde ese día decidí tener yo también un álbum como el suyo, aunque no lo haga con ningún otro cliente. Como su caso es interesante para todo el país, siempre hay noticias sobre la peligrosa espía condenada a muerte. Al contrario que el caso Dreyfus, no hay recogidas de firmas ni manifestaciones populares para pedir que le perdonen la vida.

Mi álbum está abierto a mi lado, en una página con un recorte de periódico que describe detalladamente lo sucedido al día siguiente del juicio, y sólo encontré un error en el artículo, referente a su nacionalidad.

Ignorando que el Tercer Tribunal Militar estaba investigando su caso en aquel mismo momento, o fingiendo que no le preocupaba, ya que se consideraba una mujer por encima del bien y del mal, siempre informada de los pasos de la inteligencia francesa, la espía rusa Mata Hari fue al Ministerio de Asuntos Exteriores a solicitar permiso para ir al frente a ver a su amante, al que obligaban a luchar a pesar de estar gravemente herido. El destino era la ciudad de Verdún, un ardid para demostrar que no sabía absolutamente nada de lo que estaba ocurriendo en el frente oriental. Le dijeron que los papeles en cuestión no habían llegado y que era el ministro en persona el encargado de ello.

La orden de prisión se decretó al final de la sesión a puerta cerrada para evitar a los periodistas. Los detalles de este proceso se darán a conocer al público en cuanto termine el juicio.

El ministro de Guerra había emitido y enviado la orden de prisión tres días antes al gobernador militar de París (documento 3455-SCR 10), pero había que esperar a que la acusación se formalizase antes de ejecutar la orden.

Un equipo de cinco personas, liderado por el fiscal del Tercer Consejo de Guerra, se dirigió inmediatamente a la habitación 131 del Élysée Palace Hotel, donde encontraron a la sospechosa en camisón de seda y desayunando. Al preguntarle por qué lo hacía, alegó que había madrugado mucho para ir al Ministerio de Asuntos Exteriores y que estaba muerta de hambre.

Le pidieron que se vistiese. Mientras, realizaron un registro y encontraron abundante material, en su mayoría ropa y complementos femeninos. También hallaron un permiso para viajar a Vittel y otro para ejercer trabajo remunerado en territorio francés, con fecha del 13 de diciembre de 1915.

Alegando que todo aquello no era más que un malentendido, exigió que se hiciese una lista detallada de lo que se llevaban para poder demandarlos en el caso de que todas sus pertenencias no le fuesen devueltas en perfecto estado esa misma noche.

Solamente nuestro periódico tuvo acceso a lo sucedido en su encuentro con el fiscal del Tercer Consejo de Guerra, el señor Pierre Bouchardon, gracias a una fuente secreta que solía facilitarnos información sobre el destino de personas infiltradas y, posteriormente, desenmascaradas. Según esa fuente, que nos proporcionó la transcripción completa, el señor Bouchardon le entregó las acusaciones que pesaban sobre su cabeza y le pidió que las leyese. Al acabar, le preguntó si quería un abogado, a lo que ella se negó categóricamente, limitándose a contestar:

—¡Pero si soy inocente! Están jugando conmigo, trabajo para la inteligencia francesa cuando me piden algo, aunque no lo hacen con mucha frecuencia.

El señor Bouchardon solicitó que firmase un documento redactado por nuestra fuente, y ella lo hizo de buen grado. Estaba convencida de que aquella misma tarde volvería a la comodidad de su hotel, desde donde, inmediatamente, se pondría en contacto con su «enorme» círculo de amistades para aclarar aquellas absurdas acusaciones.

En cuanto firmó la declaración, la espía fue trasladada directamente a la prisión de Saint-Lazare, mientras repetía constantemente, ya al borde de la histeria: «¡Soy inocente! ¡Soy inocente!». Al mismo tiempo, nosotros conseguíamos una entrevista exclusiva con el fiscal.

—Ni siquiera era una mujer bonita, tal como afirmaba todo el mundo —dijo—. Pero, gracias a su absoluta falta de escrúpulos y de compasión, fue capaz de manipular y arruinar a hombres, llevando, al menos a uno, al suicidio. La persona que me trajeron era una espía de los pies a la cabeza.

Desde allí, nuestro equipo se dirigió a la prisión de Saint-Lazare, donde ya había otros periodistas hablando con el director general de la cárcel. Parecía compartir la opinión del señor Bouchardon, y también la nuestra, de que el tiempo había hecho desaparecer la belleza de Mata Hari.

—Sólo está guapa en las fotos —aseguraba—. La licenciosa vida que ha llevado durante todo este tiempo ha dado lugar a que la persona que hoy ha llegado aquí tenga unas enormes ojeras, canas incipientes en la raíz del pelo y un comportamiento bastante peculiar, porque lo único que ha dicho es «¡Soy inocente!», gritando, como si fuese uno de esos días en los que la mujer, por su naturaleza, no puede controlar su comportamiento. Me sorprende el mal gusto de algunos amigos míos que tuvieron un contacto más íntimo con ella.

Lo confirmó el médico de la prisión, el doctor Jules Socquet, que, una vez que comprobó que no sufría ningún tipo de enfermedad, que no tenía fiebre, que su lengua no presentaba señales de problemas estomacales y que la auscultación de los pulmones y del corazón no mostraba ningún síntoma sospechoso, la dejó ir para que la condujesen a una de las celdas de Saint-Lazare, no sin antes pedirles a las monjas encargadas de aquella ala que le proporcionasen toallas higiénicas, ya que la prisionera estaba menstruando.

Y fue entonces, sólo entonces, después de muchos interrogatorios en manos de ese al que llamamos «el Torquemada de París», cuando usted se puso en contacto conmigo y fui a visitarla a la prisión de Saint-Lazare. Pero ya era tarde; muchas de las declaraciones hechas la dejaban en entredicho ante aquel hombre que, como casi todo París sabía, había sido traicionado por su mujer. Un hombre así, querida Mata Hari, es como una fiera herida a ojos de todo aquel que busca venganza en lugar de justicia.

Al leer sus declaraciones antes de mi llegada, vi que le interesaba mucho más demostrar su importancia que defender su inocencia. Hablaba de amigos poderosos, éxito internacional, teatros abarrotados, cuando debería haber hecho todo lo contrario: mostrar que era una víctima, un chivo expiatorio del capitán Ladoux, que la había utilizado en su lucha particular contra otros colegas para asumir la dirección general del servicio de contraespionaje.

Al volver a la celda, según me contó la hermana Pauline, lloraba sin parar, se pasaba las noches en vela por miedo a los ratones que infestaban aquella infame prisión, que hoy en día sólo se utiliza para minar el ánimo de los que se creían fuertes, como usted. Decía que el choque de todo aquello la haría volverse loca antes del juicio. Más de una vez pidió que la internasen, ya que estaba prácticamente confinada en una celda solitaria, sin contacto con nadie, y el hospital de la prisión, por pocos recursos que tuviera, al menos le permitiría hablar con alguien.

Mientras, los que la acusaban empezaban a desesperarse al no encontrar nada entre sus pertenencias que la incriminase; todo cuanto hallaron fue una bolsa de cuero con varias tarjetas de visita. Bouchardon mandó entrevistar uno por uno a aquellos caballeros respetables que, durante años, habían implorado su atención, y todos ellos negaron cualquier contacto íntimo con usted.

Los argumentos del fiscal, el señor Mornet, rozaban lo patético. En un determinado momento, a falta de pruebas, alegó: «Zelle es ese tipo de mujer peligrosa de hoy en día. La facilidad con que se expresa en diferentes idiomas, especialmente el francés, sus numerosos contactos en todas las áreas, la sutil manera de insinuarse en los círculos sociales, su elegancia, su notable inteligencia, su inmoralidad, todos son indicios para tomarla como una sospechosa en potencia».

Curiosamente, incluso el inspector Ladoux acabó testificando por escrito a su favor; no tenía absolutamente nada que darle al Torquemada de París. Y añadió: «Es evidente que estaba al servicio de nuestros enemigos, pero hay que demostrarlo y no tengo nada que sostenga esa afirmación. Si quiere usted pruebas irrefutables, es mejor que se dirija al Ministerio de Guerra, que tiene la custodia de esos documentos. Por mi parte, estoy convencido de que el hecho de que alguien pueda viajar en los tiempos en que vivimos y que tenga contacto con tantos oficiales ya es una prueba más que suficiente, aunque no haya nada por escrito o no sea un argumento válido para un tribunal de guerra».

Estoy tan cansado que siento cierta confusión mental; pienso que escribo esta carta, que se la voy a entregar y que todavía tendremos tiempo para hablar del pasado, con las heridas cicatrizadas y, tal vez, borrar todo esto de nuestra memoria.

Pero, en realidad, escribo para mí, para convencerme de que hice todo lo posible e imaginable; primero, tratando de sacarla de Saint-Lazare; después, luchando para salvar su vida y, finalmente, valorando la posibilidad de escribir un libro para contar la injusticia de la que ha sido víctima por el pecado de ser mujer, por el pecado aún mayor de ser libre, por el gran pecado de desnudarse en público, por el peligroso pecado de relacionarse con hombres cuya reputación había que mantener a cualquier precio. Sólo sería posible si desapareciera usted para siempre de Francia o del mundo. No vale de nada enumerar todas las cartas y mociones que le envié a Bouchardon, las veces que solicité reuniones con el cónsul de Holanda ni la lista de errores de Ladoux. Cuando casi se paró la investigación por falta de pruebas, informó al gobernador militar de París de que tenía varios telegramas alemanes, un total de veintiún documentos, que la comprometían verdaderamente. ¿Qué decían esos telegramas? La verdad: que buscó a Ladoux al llegar a París, que le pagaron por su trabajo, que exigió más dinero, que tenía amantes en los altos círculos, pero NADA, absolutamente nada con información confidencial alguna sobre nuestro trabajo o los movimientos de nuestras tropas.

Lamentablemente no pude asistir a todas sus conversaciones con Bouchardon, porque habían promulgado la criminal Ley de Seguridad Nacional y, a muchas de las sesiones, los abogados defensores no podían asistir. Una aberración jurídica reiteradamente justificada en nombre de la «seguridad de la patria». Pero tengo amigos en las altas esferas y supe que cuestionó usted severamente al capitán Ladoux, diciéndole que había creído en su sinceridad cuando le había ofrecido dinero para trabajar como agente doble espiando para Francia. Para entonces, los alemanes ya sabían exactamente lo que le iba a pasar y también todo lo que podían hacer para comprometerla aún más. Pero, al contrario que en nuestro país, ya se habían olvidado de la agente H21 y estaban concentrados en detener la ofensiva aliada con lo que realmente cuenta: hombres, gas mostaza y pólvora.

Sé la fama que tiene la prisión a la que voy a ir a visitarla por última vez esta madrugada. Un antiguo lazareto, después manicomio transformado en centro de detención y ejecución durante la Revolución francesa. La higiene es prácticamente inexistente, las celdas no se ventilan y las enfermedades se propagan a través del aire fétido, que no circula. La habitan básicamente prostitutas y gente a la que su familia, aprovechando los contactos, quiere alejar de la vida social. También la utilizan algunos médicos interesados en el estudio del comportamiento humano, y ya ha sido denunciada por uno de ellos: «Esas jóvenes son muy interesantes, tanto desde un punto de vista médico como moralista; son criaturas indefensas que, por problemas de herencias, son enviadas aquí, a edad temprana, incluso con siete u ocho años, bajo el pretexto de la "disciplina paterna". Pasan la infancia rodeadas de corrupción, prostitución y enfermedades; cuando las liberan, con dieciocho o veinte años, ya no desean vivir ni regresar a casa».

Actualmente, una de sus compañeras de prisión es una «luchadora por los derechos femeninos». Y, lo que es peor, «pacifista», «derrotista», «antipatriota». Las acusaciones contra Hélène Brion, la prisionera a la que me refiero, son muy parecidas a las suyas: recibir dinero de Alemania, relacionarse con soldados y fabricantes de munición, dirigir sindicatos, manipular a los trabajadores y publicar diarios clandestinos que afirman que las mujeres tienen los mismos derechos que los hombres.

Es probable que el destino de Hélène sea el mismo que el suyo, aunque tengo mis dudas, porque es de nacionalidad francesa, tiene amigos influyentes en los periódicos y no ha utilizado el arma que más condenan todos los moralistas y que en este momento la convierte a usted en una de las favoritas para acabar en el Infierno de Dante: la seducción. Madame Brion se viste como los hombres y se enorgullece de ello. Además, fue declarada culpable de traición por el Primer Consejo de Guerra, que es más justo que el tribunal dirigido por Bouchardon.

Me he quedado dormido sin darme cuenta. Acabo de ver el reloj y tan sólo faltan tres horas para acudir a esa maldita prisión, para nuestro último encuentro. Resulta imposible contar todo lo ocurrido desde que usted me contrató contra su voluntad, porque pensaba que su inocencia era suficiente para librarla de las redes de un sistema jurídico del que siempre hemos estado orgullosos, pero que en estos tiempos de guerra se ha convertido en una aberración de la justicia.

Me acerco a la ventana. La ciudad duerme, salvo algunos grupos de soldados llegados de todo el país, que se dirigen cantando hacia la *gare* d'Austerlitz sin saber el destino que los espera. Los rumores no dejan que nadie duerma bien. Hoy por la mañana decían que habíamos hecho retroceder a los alemanes más allá de Verdún; por la tarde, algún periódico alarmista aseguraba que están desembarcando batallones turcos en Bélgica y se dirigen a Estrasburgo, desde donde se va a ejecutar el ataque final. Pasamos de la euforia a la desesperación varias veces al día.

Resulta imposible contar todo lo ocurrido desde el 13 de febrero, día en que la detuvieron, hasta hoy, cuando tendrá que enfrentarse al pelotón de fusilamiento. Dejemos que la historia me haga justicia y también a mi trabajo. Tal vez algún día la historia también llegue a hacerle justicia a usted, aunque lo dudo. Usted no es sólo una persona acusada injustamente de espionaje, sino alguien que se atrevió a desafiar ciertas costumbres, lo cual es imperdonable.

Sin embargo, bastaría una página para resumir lo sucedido: trataron de indagar sobre el origen de su dinero, pero enseguida lo clasificaron como «secreto», porque llegaron a la conclusión de que muchos hombres de alta posición se verían comprometidos. Sus antiguos amantes, todos sin excepción, negaron conocerla. Incluso el ruso del que usted se enamoró y por el que estaba dispuesta a ir a Vittel, a pesar de las sospechas y los riesgos que ello pudiese suponer, apareció con un ojo vendado y leyó en francés el texto de su declaración, una carta leída ante el tribunal, con el único objetivo de humillarla en público. Las tiendas en las que usted compraba quedaron bajo sospecha y varios periódicos publicaron sus deudas, a pesar de haber asegurado usted todo el tiempo que sus «amigos» se habían arrepentido de los regalos que le habían hecho y, de repente, desaparecieron sin pagar nada.

Los jueces se vieron obligados a escuchar de Bouchardon frases del tipo: «En la guerra de los sexos, todos los hombres, por más expertos que sean en muchas artes, siempre son fácilmente derrotados». Y consiguió que oyesen otras perlas como: «En una guerra, el simple contacto con un ciudadano de un país enemigo es sospechoso y condenable». Escribí al consulado holandés para pedirles que me enviasen alguna ropa que había dejado en La Haya, para que pudiese presentarse dignamente ante el tribunal. Pero, para mi sorpresa, a pesar de todos los artículos que salían frecuentemente en los periódicos de su país, al gobierno del reino de Holanda no se le notificó el juicio hasta el día que comenzó. En cualquier caso, no habrían hecho nada; temían que afectase a la «neutralidad» del país.

Cuando la vi entrar en el tribunal, el día 24 de julio, con el pelo desaliñado y la ropa descolorida, pero con la cabeza erguida y el paso firme, lo entendí como si hubiese aceptado su destino, rechazando la humillación pública que querían imponerle. Había comprendido que la batalla llegaba al final y sólo le quedaba partir con dignidad. Días antes, el mariscal Pétain había ordenado ejecutar a un montón de soldados, acusados de traición por negarse a un ataque frontal contra las ametralladoras alemanas. Los franceses vieron en su postura ante los jueces una manera de desafiar las muertes y...

Basta. No vale de nada pensar en algo que, estoy seguro, me va a perseguir el resto de mi vida. Lamentaré su partida, esconderé mi vergüenza por haberme equivocado en algún punto oscuro o por pensar que la justicia en tiempos de guerra es la misma que en tiempos de paz. Cargaré con esta cruz, pero, para tratar de curar una herida, hay que dejar de hurgar en ella.

Mientras, los que la acusan cargarán con cruces mucho más pesadas. Aunque hoy se rían y se feliciten entre ellos, llegará el día en que toda esta farsa será desenmascarada. Aunque eso no ocurra, saben que han condenado a alguien inocente porque tenían que distraer al pueblo, igual que en la Revolución; antes de llegar a la igualdad, la fraternidad y la libertad, hubo que sacar la guillotina a la plaza pública para entretener con sangre a aquellos que no tenían pan. Enlazaron un problema al otro, creyendo que acabarían encontrando una solución, pero lo que hicieron fue crear una pesada cadena de acero indestructible, cadena que hay que arrastrar toda la vida.

Hay un mito griego que siempre me ha fascinado y, creo, resume su historia. Érase una vez una hermosa princesa, admirada y temida por todos porque parecía ser demasiado independiente. Su nombre era Psique.

Desesperado porque su hija se iba a quedar soltera, su padre recurrió al dios Apolo, que decidió solucionar el problema: había que dejarla sola, vestida de luto, en lo alto de una montaña. Antes del amanecer, iría una serpiente a casarse con ella. Resulta curioso porque, en su foto más famosa, lleva usted una serpiente en la cabeza.

Pero volvamos al mito: el padre hizo lo que Apolo le mandó y la envió a lo alto de la montaña. Aterrada y muerta de frío, Psique se quedó dormida, segura de que iba a morir.

Sin embargo, al día siguiente, despertó en un hermoso palacio, convertida en reina. Todas las noches se encontraba con su marido, que le imponía una única condición: confiar totalmente en él y no ver nunca su rostro.

Después de algunos meses juntos, se enamoró de él, cuyo nombre era Eros. Le encantaba hablar con él, sentía mucho placer al hacer el amor, y Eros la trataba con todo el respeto que merecía. Al mismo tiempo, Psique temía estar casada con una serpiente horrible.

Un día, sin poder controlar su curiosidad por más tiempo, esperó a que su marido se durmiese, movió con mucho cuidado la sábana y, a la luz de una vela, vio el rostro de un hombre de increíble belleza. Pero la luz lo despertó y, al darse cuenta de que su mujer no había respetado lo único que él le había pedido, Eros desapareció.

Cada vez que recuerdo este mito, me pregunto: ¿no vamos a poder ver nunca el verdadero rostro del amor? Entiendo lo que querían decir los griegos: el amor es un acto de fe en otra persona y su rostro debe estar siempre cubierto de misterio. Hay que vivir cada momento con sentimiento y emoción porque, si tratamos de descifrarlo y de entenderlo, la magia desaparece. Seguimos sus caminos tortuosos y luminosos, nos dejamos llevar a lo más alto de la tierra o a lo más profundo de los mares, pero confiamos en la mano que nos guía. Si no nos dejamos asustar, despertaremos siempre en un palacio; si tememos las exigencias del amor y queremos que nos lo revele todo, el resultado será nulo, no conseguiremos nada.

Creo, mi adorada Mata Hari, que ése fue su error. Después de años en la montaña helada, acabó desconfiando totalmente del amor y decidió convertirlo en su siervo. El amor no obedece a nadie y traiciona a los que intentan descifrar su misterio.

Hoy es usted prisionera del pueblo francés y, en cuanto salga el sol, será libre. Sus acusadores tendrán que seguir arrastrando, cada vez con más fuerza, los grilletes que forjaron para justificar su muerte y que acabaron amarrados a sus propios pies. Los griegos tienen una palabra con muchos significados contradictorios: *metanoia*. A veces, quiere decir arrepentimiento, contrición, confesión de los pecados, promesa de no repetir lo que hicimos por error.

Otras veces, significa ir más allá de lo que sabemos, estar frente a frente con lo desconocido, sin recuerdo ni memoria, sin entender cómo será el siguiente paso. Estamos sujetos a nuestra vida, a nuestro pasado, a las leyes de aquello que consideramos cierto o equivocado y, de repente, todo cambia. Caminamos sin miedo por las calles y saludamos a nuestros vecinos, pero poco después ya no son nuestros vecinos, ponen cercos y alambres para que no podamos ver las cosas como antes. Eso es lo que pasará conmigo, con los alemanes y, sobre todo, con los hombres que decidieron que era más fácil dejar morir a una inocente que reconocer los propios errores.

Y da pena porque lo que pasa hoy ya pasó ayer y volverá a pasar mañana, y seguirá pasando hasta el final de los tiempos o hasta que el hombre descubra que no es solamente lo que piensa, sino básicamente lo que siente. El cuerpo se cansa con facilidad, pero el espíritu es siempre libre y, algún día, nos ayudará a salir de esta rueda infernal que repite los mismos errores generación tras generación. Aunque los pensamientos sean siempre los mismos, hay algo más fuerte que ellos que se llama Amor.

Porque, cuando amamos de verdad, conocemos mejor a los demás y a nosotros mismos. Ya no son necesarias palabras, documentos, actas, declaraciones, acusaciones ni defensas. Lo único necesario es lo que dice el Eclesiastés: «En la sede del derecho, allí está la iniquidad; en el sitial del justo, allí, el impío. Pero Dios juzgará al justo y al impío, pues allí hay un tiempo para cada cosa y para toda obra».

Que así sea. Vaya con Dios, amada mía.

EPÍLOGO

EDITION DE PARIS

Le Petit Parisien

10 Cent. LE PLUS FORT TIRAGE DES JOURNAUX DU MONDE ENTIER 10 Cent.

MARDI 16 OCTOBRE 1917

La garantie d'une paix durable est de faire payer l'Allemagne

M. MALVY MIS HORS DE CAUSE

L'espionne Mata-Hari a été fusillée hier matin à Vincennes

A LA CHAMBRE

Après le récent débat sur la politique extérieure

LE GÉNÉRAL ALBY nommé major général de l'armée

SOFIA

El día 19 de octubre, cuatro días después de la ejecución de Mata Hari, su principal acusador, el inspector Ladoux, fue inculpado de espionaje para los alemanes y encarcelado. A pesar de insistir en su inocencia, fue severamente cuestionado por los servicios de contraespionaje prestados a los franceses, aunque la censura gubernamental, legalizada durante el período del conflicto, impidió que la noticia saltase a los periódicos. Él alegó en su defensa que la información había partido del enemigo: «No es culpa mía que mi trabajo me haya dejado expuesto ante cualquier tipo de intriga, mientras los alemanes recolectaban información que era fundamental para la invasión del país».

En 1919, un año después del final de la guerra, Ladoux fue puesto en libertad, pero su fama de agente doble lo acompañó hasta la tumba.

El cuerpo de Mata Hari fue enterrado en una tumba anónima. Según la costumbre de la época, le cortaron la cabeza y se la entregaron a los representantes del gobierno. Durante años permaneció en el Museo de Anatomía, en la calle des Saints-Pères de París, hasta que, no se sabe exactamente cuándo, desapareció de la institución. Los responsables no la echaron en falta hasta el año 2000, aunque se cree que la cabeza de Mata Hari fue robada mucho antes.

En 1947, el fiscal André Mornet, para entonces públicamente denunciado como uno de los juristas que fundamentó los procesos para retirar las «nacionalizaciones precipitadas» (de los judíos) en 1940, y gran responsable de la condena a muerte de aquella a la que él definía como «la Salomé de los tiempos modernos, cuyo único objetivo es entregar a los alemanes la cabeza de nuestros soldados», le confesó al periodista y escritor Paul Guimard que todo el proceso se basó en deducciones, extrapolaciones y suposiciones, y concluyó con la frase:

«Aquí, entre nosotros, las pruebas que teníamos eran tan insuficientes, que no valían ni para castigar a un gato».

NOTA DEL AUTOR

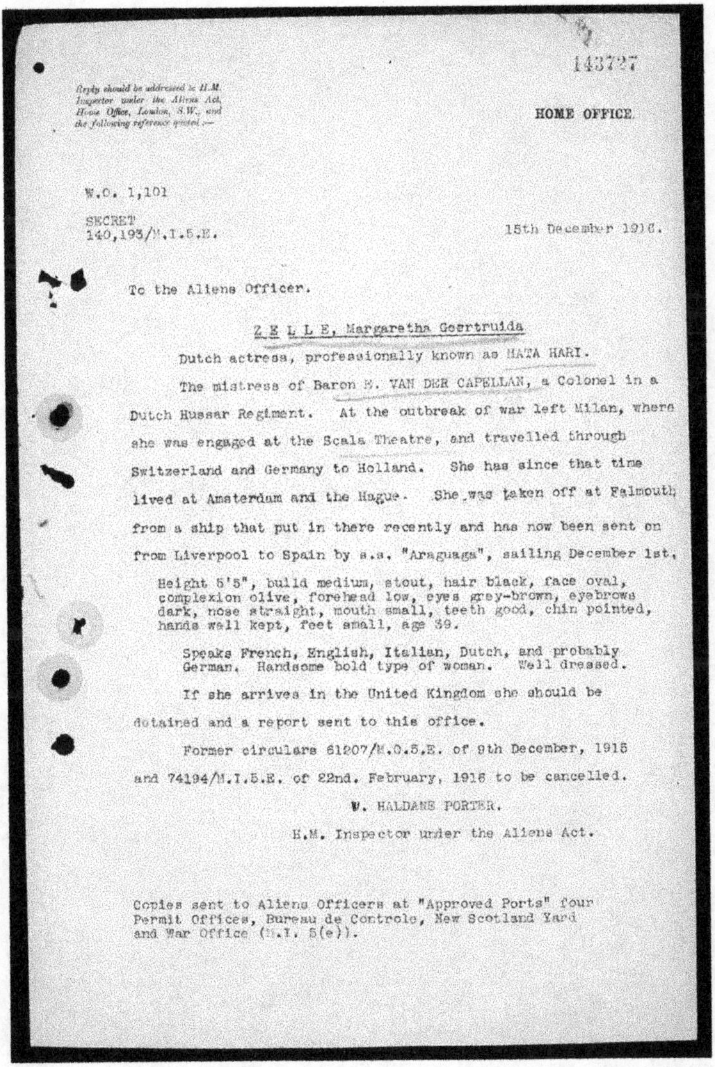

143727

Reply should be addressed to H.M. Inspector under the Aliens Act, Home Office, London, S.W., and the following reference quoted:—

HOME OFFICE.

W.O. 1,101

SECRET
140,193/M.I.5.E.

15th December 1916.

To the Aliens Officer.

Z E L L E, Margaretha Geertruida

Dutch actress, professionally known as HATA HARI.

The mistress of Baron E. VAN DER CAPELLAN, a Colonel in a Dutch Hussar Regiment. At the outbreak of war left Milan, where she was engaged at the Scala Theatre, and travelled through Switzerland and Germany to Holland. She has since that time lived at Amsterdam and the Hague. She was taken off at Falmouth from a ship that put in there recently and has now been sent on from Liverpool to Spain by s.s. "Araguaga", sailing December 1st.

Height 5'5", build medium, stout, hair black, face oval, complexion olive, forehead low, eyes grey-brown, eyebrows dark, nose straight, mouth small, teeth good, chin pointed, hands well kept, feet small, age 39.

Speaks French, English, Italian, Dutch, and probably German. Handsome bold type of woman. Well dressed.

If she arrives in the United Kingdom she should be detained and a report sent to this office.

Former circulars 61207/M.O.5.E. of 9th December, 1915 and 74194/M.I.5.E. of 22nd. February, 1916 to be cancelled.

W. HALDANE PORTER.

H.M. Inspector under the Aliens Act.

Copies sent to Aliens Officers at "Approved Ports" four Permit Offices, Bureau de Controle, New Scotland Yard and War Office (M.I. 5(e)).

Aunque todos los hechos de este libro sean reales, he tenido que inventar algunos diálogos, unificar determinadas escenas, cambiar el orden de algunas cosas y eliminar todo lo que he considerado irrelevante para la narración.

Al que quiera conocer mejor la historia de Mata Hari le recomiendo el excelente libro de Pat Shipman *Mata Hari. Espía, víctima, mito* (Edhasa, 2011); Philippe Collas, *Mata Hari. Sa véritable histoire* (Plon, 2003) (Collas es biznieto de Pierre Bouchardon, personaje del libro, y tuvo acceso a material totalmente inédito); Frédéric Guelton, «Le dossier Mata Hari», *Revue historique des armées*, 247 (2007), y Russell Warren Howe, «Mournful fate of Mata Hari, the spy who wasn't guilty» (Smithsonian Institution, ref. 4224553), entre otros muchos artículos que he utilizado para la investigación.

El «Expediente Mata Hari», escrito por el servicio de inteligencia británico, se hizo público en 1999, y se puede acceder a su contenido íntegro desde mi página web, o se puede adquirir directamente en The National Archives del Reino Unido (referencia KV-2-1).

Quiero dar las gracias a mi abogado, el señor Shelby du Pasquier, y a sus asociados, por las importantes aclaraciones sobre el juicio; a Anna von Planta, mi editora para Suiza y Alemania, por su rigurosa revisión histórica, aunque se debe tener en cuenta que el personaje principal solía fantasear con los hechos; a Annie Kougioum, amiga y escritora griega, por su ayuda en los diálogos y en el hilvanado de la historia.

ÍNDICE

Una historia poética y encantadora sobre la profundidad de un amor marcado por el destino.

«El universo siempre conspira a favor de los soñadores.»

Un cuento para adultos que explora la intensa relación entre cuerpo y alma.

«Los encuentros más importantes ya han sido planeados por las almas antes incluso de que los cuerpos se hayan visto.»

El viaje más personal de Paulo Coelho.

«Aquel que desee ver el arcoíris debe aprender a disfrutar de la lluvia.»

Un bello canto al amor.

«El Amor nunca falla. El Amor es la verdadera energía de la vida.»

La búsqueda de un hombre que intenta recuperar un amor perdido.

«Tenemos que olvidar lo que creemos ser para poder ser lo que realmente somos.»

Una fascinante parábola sobre la necesidad de encontrar nuestro camino en la vida.

«Lo Extraordinario reside en el Camino de las Personas Comunes.»

Una batalla decisiva entre el Bien y el Mal.

«El desafío no espera. La vida no mira hacia atrás.»

Una odisea espiritual que combina verdad, mito e imaginación.

«La primera gran virtud del que busca el camino espiritual: coraje.»